優等生のウラのカオ

実は裏アカ女子だった隣の席の美少女と放課後二人きり

海月くらげ
イラスト kr木

「おはようございます、藍坂くん」
間宮優
Mamiya Yu
成績優秀、品行方正で皆から頼られる優等生。
常に周囲の期待に応える優等生を演じることに疲れ、
裏アカ女子としての活動をしているが……。

宍倉夏彦
Shishikura Natsuhiko
秋人の親友でクラスメイト。
通称“ナツ”。
多々良光莉
Tatara Hikari
ナツの彼女。
秋人と優の関係が気になる。
藍坂秋人
Aisaka Akito
教室ではいつも一人で過ごすぼっち気質な高校１年生。
優が裏アカ女子であることを偶然知り、口封じされる。

「あ、いまスカートの中
見えたでしょ?」

「なんか、やっぱりエッチだね」
「……誰がやらせてると思ってんだ」

「ねえ、
もっとすごいことしようよ」

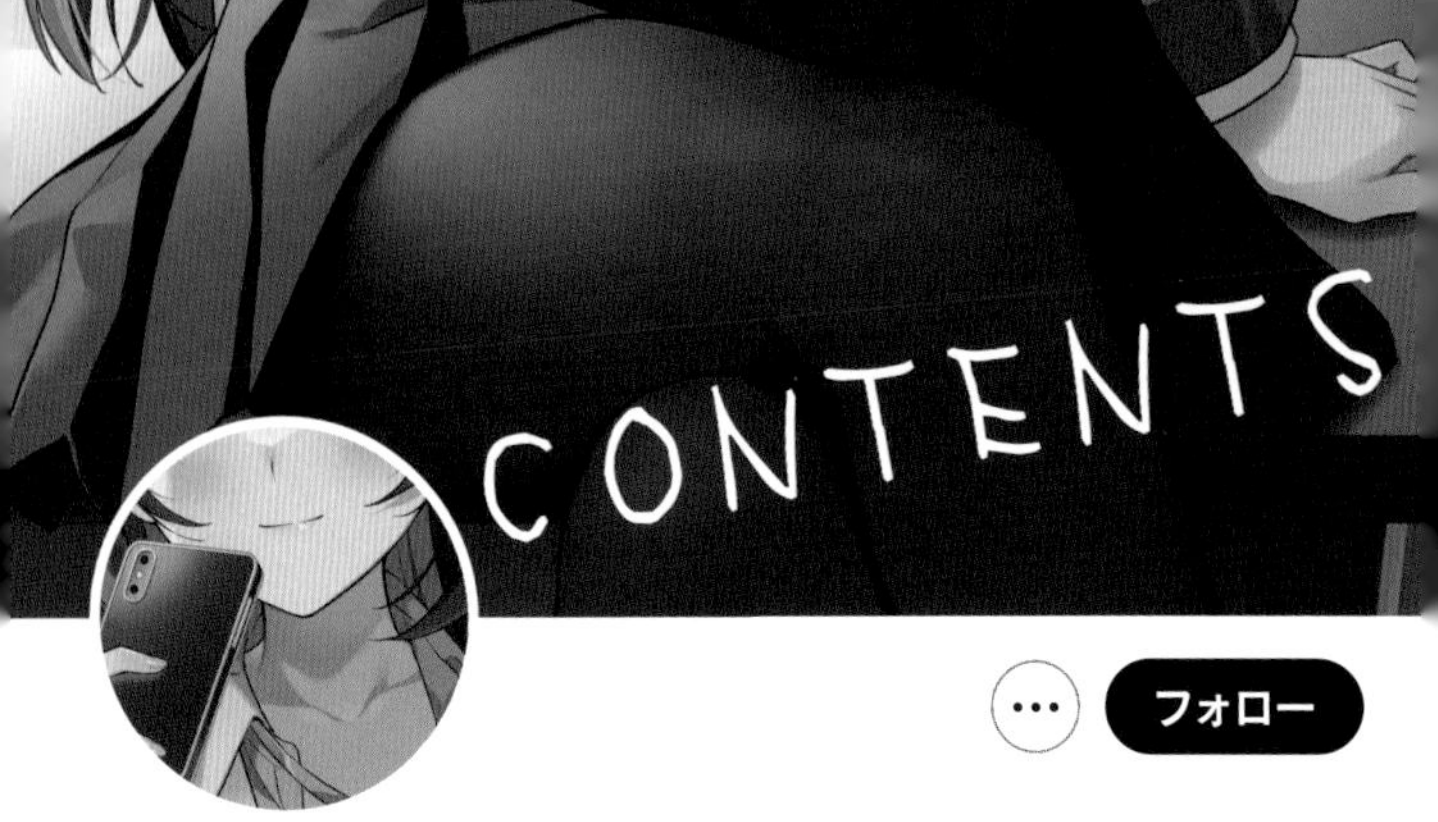

優等生のウラのカオ

実は裏アカ女子だった隣の席の美少女と放課後二人きり

GA文庫

優等生のウラのカオ
～実は裏アカ女子だった隣の席の美少女と放課後二人きり～

海月くらげ

GA文庫

カバー・口絵　本文イラスト
kr木

Prologue

「あ、今見えてるでしょ」

「……見えてない」

「嘘。見えるようにしてるし。隠さなくていいよ。それより……どう？　女の子のパンチラを見た感想は」

「今すぐやめたい」

「じゃあ、早く撮らないとね」

悪戯っぽく笑っているのは、確認するまでもなく口調でわかった。自分の心が読まれているようで悔しく、同時に目が離せずにいるのを「仕方ない」と肯定されていて恥ずかしかった。

これからはこの相反するような感情にも折り合いをつけていかなければならないのかと思うと、際限なく気が重くなる。

傾きつつある午後の陽が差し込む教室。

教室にいるのは俺ともう一人——制服姿の女子生徒、間宮優だけだった。

間宮は机に腰を下ろして、膝上十数センチまで短くしていた黒のプリーツスカートを指先で摘まみ上げている。

黒のヴェールから流れるように伸びているのは、同じく黒いタイツに包まれた艶やかな二本の脚。ほっそりとしているように見えて、組まれた脚がぶつかっている部分は柔らかさを訴えるように潰れて形を変えている。

上履きを脱いでいることで露わになっているつま先は、猫の手のように丸められていた。

スカートの生地越しに机とぴったり密着している太ももと、その奥で僅かにしか見えていないのに、これでもかと存在を主張するのは黒いレイヤー越しの水色の布地。

つい視線が釘付けになってしまうくらいには煽情的で、どうしようもなく欲求を刺激する光景に、身体の温度が少しずつ上がってくる感覚があった。

俺だって男だからさ、そりゃあ見えたら見ちゃうよ。

ましてそれが間宮優――普段は優等生で隙のない、可愛いと称して差し支えない女の子のパンチラなら、特に。

とはいえ、理性まで呑み込まれることはない。こんなことをしているのは、やむにやまれぬ事情があってのこと。

放課後の教室で始まった、ちょっとエッチな写真撮影。

どうしてこんなことになってしまったのかと頭の片隅で考えながら、俺は昨日の放課後の出来事を振り返る。

第1話　優等生は裏アカ女子

俺（おれ）――藍坂秋人（あいさかあきと）が忘れ物を取りに帰った教室で目撃したのは、冬制服の女子生徒が秋空の夕焼けを背景に、窓辺で自撮りをしている姿だった。

羽織（はお）っただけのブレザー。ブラウスの第二ボタンまで外して大きく胸元（むなもと）を露出させながら、スマホの画面に視線を寄せている。

角度を気にしているのか、スマホを持つ手を頻繁に動かしていた。

俺は当然、同じクラスの彼女のことを知っている。成績優秀、容姿端麗、品行方正と名高い隣の席の優等生――間宮優（まみやゆう）。

整った顔立ちとスタイルで、クラスの男子に可愛（かわい）いか可愛くないかで聞けば「可愛い」と十中八九返ってくるような、髪の長い女子生徒。どことなく大人びた雰囲気があって、なのに誰（だれ）に対しても壁を作ることのない振る舞いは見習うべきところだろう。

そんな容姿でありながら間宮は色恋に全く興味がなさそうだし、その手の噂（うわさ）を聞いたこともない。彼氏がいてもおかしくはないが、そんな気配は一切（いっさい）学校で感じさせないのだ。

だからこそ自分の目を疑い、両目を擦（こす）って二度見するも、やはり間宮の様子は変わらない。

興味と疑念がふつふつと湧いてきて、同時に警戒心も強まっていく。

誰にでも丁寧に対応するし、頼みごとをされても嫌な顔一つとしてしない、模範的な学生の間宮がどうしてこんなことを……？

つい顔だけを出して様子を窺ったまま考えこんでいると、写真を撮っていたはずの間宮と目が合ってしまう。

あ、バレた。

そう気づいたときには遅く、彼女は俺の方を見て——背に震えが走る。逃げようにも、ヘビに睨まれたカエルのように足が竦んで動かない。

間宮は少々の驚きを長い睫毛に彩られた瞳に宿して、

「……どうして藍坂くんがここに？」

そう、小首を傾げながら尋ねた。

「ああいや、その、忘れ物を取りに来て」

「ふぅん……」

薄く笑みを浮かべながら、間宮が近づいてくる。

外したブラウスのボタンを直していないせいで、普段は隠されている谷間と……白い下着が見えてしまっていた。つい視線と意識が吸い寄せられるも、慌てて逸らす。

しかし、間宮は俺の視線に気づいていたのだろう。口元に手を当てて、控えめに目を細めて笑っていた。

「別に見ても怒らないよ？　男の子だもん。しょうがないよ」

そこで初めて、間宮の口調と雰囲気が普段と違う気安いものに変わっていることに気づく。話しやすいのはいいけど、さっきから妙な緊張感が教室に漂っている。

「……じゃあ隠してくれ。目に毒だから」

「それはできない相談かなあ。中断させられちゃったし」

「何してたんだ？」

「見たらわからない？　自撮りだけど」

手に持ったスマホを軽く掲げて当然のように言うものの、納得できるはずもない。

どんな理由があったら教室で制服をはだけさせて自撮りをするのか。まさか成績優秀な優等生が露出狂……なんて話でもないだろうし。

「えっとね、理由はちゃんとあるんだよ？　でも、それを話す前に――」

間宮の手が俺の右手首を摑んだ。

そして、

「――これでもう、私に逆らえないね」

優しい笑顔のまま、自分の胸に重ねたのだ。

手のひら全体に感じる、薄いブラウス越しの柔らかな感触。指先だけが露出した胸に直接触れていて、間宮の力に後押しされるように緩やかに沈んでいく。

間宮のほんのりと温かい体温。

何をされているのかわからなくて、頭が真っ白になった。


途切れた思考を引き戻したのは、カシャというシャッター音。

「うん、よく撮れてる。藍坂くんの顔も入ってるよ？　表情硬いなあ」

どう？　と見せられたスマホの画面には、俺の顔と手が間宮の胸を触っている様子がしっかりと納められていた。

言い訳なんてできそうにない、状況証拠としてはこれ以上ない写真。

身体から何かが抜けていくような感覚に襲われ、言葉が何一つ出てこない。

「……あれ、もしかして脅かしすぎた？　ごめんごめん、そんなに怖がらなくてもいいよ。藍坂くんが秘密にしてくれたら、私も秘密にするから」

理不尽だ。

俺はただ忘れ物を取りに来ただけなのに……どうして脅されているのか。しかも俺が圧倒的に不利な証拠まで握られて、逆らえない。

目の前の女子生徒が、俺が知っている間宮優という存在とは違うのではという疑問さえ湧いてくる。むしろ、そうならどれほどよかったことか。

「俺、何も悪いことしてないと思うんだけど」

「女の子のおっぱいを触るのは悪いことじゃないの？」

「お前が触らせたんだろ」

「あー声大きいよ。そんなに騒いだら誰か来るかも」

「っ」

囁(ささや)くような忠告。慌てて廊下を確認するも、足音は一つも聞こえてこない。心から安堵(あんど)の息を吐いて——いやそうじゃないだろと間宮に向き直る。

「そろそろ手、離してくれよ」

「あれ、触りたくないの？」

「…………違う」

「あ、凄(すご)い葛藤」

「それも違う。さっきから変な汗が止まらないんだよ」

「我慢してるんだ。えらいえらい」

俺が言いたいのはそうじゃない。

思春期真っ盛りの男子高校生ならば、こんな機会を逃す手はないだろう。できるだけ堪能(たんのう)したい……と考える人が大半だろうが、この状況はよろしくない。精神的にも、肉体的にも。そもそも間宮に脅された直後でそんなことを考えられるのは、余程(よほど)神経が図太いやつだけだろう。

間宮が手首を解放したので手を引き戻し、二歩後ろに下がって距離を空けておく。

意識的に呼吸を深くして整え、口を結ぶ。

「警戒しても無駄じゃない？　もう写真撮っちゃったし」

「……そうだったよ」

「そういうことだからさ、ちょっとお話ししようよ。私がどうしてこんなことしたのか……知りたいでしょ？」

手近な席に座った間宮に手招かれ、対面に別の席から椅子(いす)だけを借りて座る。

その間に間宮は外していたブラウスのボタンを直して、羽織っていたブレザーにも袖(そで)を通していた。

乱れなく制服を着こなした、いつもの優等生然とした間宮がそこにいる。やっと記憶にあった姿かたちと雰囲気が重なった。

「……ほんとに同一人物なんだな」

「疑ってたの？」

「どっちかといえば別人であってほしかった。夢だとなお良かった。口調も雰囲気も違うし」

「残念ながら現実だよ。口調も雰囲気も、学校では変えてるから。というか、私のおっぱい触っておいて夢の方が良かったなんてよく言えるね」

「……それはそれだ。で、なんだよ。あんな格好で写真撮ってた理由は」

間宮からの追及を避けつつ心からの疑問を伝えると、間宮はスマホの画面を俺に見せた。

そこにはＳＮＳのアカウントが表示されている。アイコンは初期のものだが、投稿されているのは性欲を煽(あお)るような際(きわ)どい写真ばかりだった。中には下着まで写っているものもあって、あまり見ていようとは思わず視線を間宮へと直す。

顔は写っていないものの、それが意味する名称は一応存在として知っていた。

含みのある……決して明るいとは呼べない、影を感じる笑顔を浮かべて、

「私、俗に言う裏アカ女子ってやつなの」

クラスの優等生、間宮優は自分の秘密を告白した。

「裏アカ女子っていうと……ＳＮＳによくいるエロ目的のアカウントだよな？」

「まあ色々言いたいことはあるけど、そんな感じの認識であってるよ。私の場合、そういう直接的なことを求めてるわけじゃなく、単に写真を上げているだけだから。変な勘違いはしないでよね」

俺の認識へ間宮は不足分の言葉を続けて纏(まと)める。

でも……あの優等生の間宮が裏アカ女子？　なんて言うか、やっぱり像が重ならない。

「なんで私が？　って思ったでしょ。その疑問には答えないよ。理由なんて人それぞれだし、秘密もある。そうじゃない？」

「……まあ、そうだな」

秘密。

そう言われれば聞き出す気にはなれないし、逆の立場になったら聞いてほしくはない。少なくとも大した接点のない相手に聞かせるようなことではない。

俺にだって話したくない話題はある。

間宮は「うん」と微笑(ほほえ)みながら頷(うなず)いて、

「理解してもらえて嬉(うれ)しいよ。私に答えられるのは、どうして写真を撮っていたかだけ。ここまで聞いたらわかるだろうけど、私はそのアカウントに投稿するための写真を撮ってたの」

「そしたら俺がたまたま見てしまって」

「仕方なく脅して口封じした……というわけです。めでたしめでたし」

「なんもめでたくねぇ……」

いい話風に纏めようとしないでくれ。一方的に俺が被害を受けた気がする。実際そうか。あまりに理不尽過ぎて怒る気力もなくなってきた。

間宮も俺にバレるとは想定していなかっただろうから、その点で言えば五分五分なのかもしれないけど……教室で服を脱ぎながら自撮りをしていた痴女に言われたくない。

遅かれ早かれ、誰かとこういうことになっていたのではなかろうか。要するに俺がその貧乏くじを引いた、というわけだ。本当に運がない。

「わかってると思うけど、私が裏アカ女子だってバラしたら、藍坂くんが私の胸を揉んだってバラすから」

「わかってるって……そもそも教室で服脱ぎながら自撮りをするな」

「脱いではいないよ？　少しボタン外して胸元が見えるようにしてただけで」

「同じような意味じゃねえか」

「全然違うって。あ、もしかして私に脱いでほしいとか？　流石にそれは厳しいかなあ。今日はもうおっぱい触ったんだからいいでしょ？」

「……頭痛くなってきたわ」

え、なに、間宮ってこんなやつだったの？　優等生とか言ったの誰だよ……ただの痴女じゃん。

どうにか数分前に戻って教室に行くなって俺を引き留められない？　無理？　うん、知ってる。考えただけ。

「勘違いしてほしくないから言っておくけど、私がボタン外して写真を撮ってたのは、その方が反応いいからだよ？」

「……そうだろうな。男なんて単純な生き物だし。見えてないより見えてる方が嬉しいだろうし」

「一般論みたいに言うね。藍坂くんは嬉しくないの？」

「……微妙なところだ」

「素直に嬉しいって言えばいいのに」

だからその含み笑いをやめてくれ。

俺の場合は嬉しさよりも罪悪感とか、個人的な事情で拒否反応が出るんだよ。それでも見てしまうのは男として仕方ない部分みたいなやつだ。人間、そう簡単に割り切れるようにはできていない。

見るだけならまだしも、直接触るとか俺には無理。それも間宮のような、外面だけは可愛い女の子なら尚更。さっきのは状況に驚きすぎてそれどころじゃなかったけど、思考が飛んでなかったら危なかった。

次に同じようなことがあれば、どうなるかわかったものじゃない。

「そういうわけだからさ。秘密にしてくれると嬉しいかな」

「言われなくても言いふらす気はない。てか、無理だろ。あんな写真まで撮られてるんだから」

「ごめんね？　でも、藍坂くんが誰にも言わないなら私もあの写真をどうこうしようとか考えないから」

ふるふると首を振って否定し、「それに」と続けて身を乗り出してくる。

近づいてくる間宮の顔。耳元でピタリと止まり、長い髪の毛の先が頰をくすぐる。

「秘密にしていてくれるなら——いい思い、させてあげるよ？」

「っ」

甘く吐息交じりの囁き。離れるときに耳たぶへかかる息。背に震えが走り、肩が大きく跳ね、反射的に悲鳴のような声が漏れ出た。

熱くなる顔。くらりと眩暈に似た感覚。教室に満ちている空気が、酷く冷たく肌を撫でる。

「驚きすぎだよ、秋人くん？」

俺の心情など無視して、間宮は俺を名前で呼んでくすりと笑う。

勘違いしてしまうような笑顔にも、もう裏があると知っている。

綺麗な花には毒がある、なんて言うけれど——間宮が宿しているそれは、致死量を易々と超えていく猛毒だ。

触れてしまったが最後、死ぬまできっと離れられない。

「……逃がす気なんてない癖によく言うよ」

「あは、バレてた？」

「隠す気もなかったろ」

「そのことに関しては謝るよ。ごめんね。乙女の秘密を暴かれたから、驚いちゃったんだ。それに、言ったでしょ？　秘密にしてくれるなら、いい思いをさせてあげるって」

さっきの言葉が嘘じゃないと信じさせるように繰り返す。実際、嘘ではないのだろう。間宮の目に冗談の色は窺えない。

それはそれで冗談じゃないけど。

「そうだ、連絡先交換しようよ」

「いいけど……」

「じゃあ決まり！」

スマホを出して、間宮と連絡先を交換。リストに間宮優と名前が表示され、早速一件の通知があった。

送り主は間宮優。嫌な予感を覚えつつトーク画面を開いてみると、そこには俺が間宮の胸を揉んでいるように見える写真が送られていた。

「一件目のメッセージとしてはこれ以上ないでしょ？」

「人前で開けなくなったな」

「それでいいんだよ。これは――私と藍坂くんだけの秘密だから」

赤い舌が唇を濡らす。

二人だけの秘密。

人によっては甘酸っぱい青春の一ページになりそうなセリフも、こんな状況では楽しむどころか不安材料の一つにしかならない。不穏材料の方が正しそうだ。

「……誰にも話したりしないから安心してくれ。そもそも間宮がこんなことをするなんて信じられないだろうし」

「そうかもね。優等生の私しか見られてないだろうから。というわけで、今日から藍坂くんは私の言いなりね？」

「もっと言い方あるだろ」

「……下僕？」

「義務教育やり直せよ」

明け透けすぎる物言いに頭を抱えながらも、間宮は楽しげにくすくすと笑っている。それに思うところがないでもなかったが、口にしても無駄なので泣く泣く呑み込む。

藍坂秋人、十六歳、高校一年の秋。

偶然にも制服をはだけさせながら自撮りする姿を見てしまい、脅されて、クラスの優等生で裏アカ女子――間宮優との奇妙な関係が始まった。

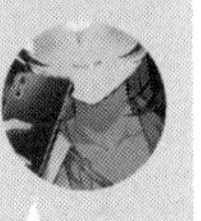

第2話　男の子ってこういうのが好きなんでしょ？

優等生――間宮優の秘密を知っても、俺の生活は大きく変わらない。

七時前に起きて、登校の支度をして、数十分ほど歩いて学校へ。

俺が通うのは東北の地方都市にある上埜高校。学力的には県内でも上の方に入るため、受験のときは結構苦労したが、なんとか合格することができた。

校則は緩く、自由な校風で、部活動も盛んに行われている。朝も放課後も、どこかから運動部の掛け声が聞こえてこない日はない。

まあ、俺は帰宅部だから部活に精を出す学校生活とは縁がないわけだけど。

元より部活がしたくてこの学校を選んだわけじゃない。色々あって、中学時代の同級生からは距離を置きたかったのだ。

俺が知る限りでは片手で数えるくらいしか同じ学校に進学していない。その数少ない元同級生も特に関わりを持とうとはしてこない。人間関係はリセットされたと考えていい。

そんなわけで、俺は目立たずことなかれ主義を掲げて、人によっては退屈と感じるような平凡極まる学校生活を送っていた。

昨日までは。

教室に行くのが酷く憂鬱(ゆううつ)だ。登校拒否しようにも理由がしょうもなさすぎた。どうせ状況は変わらないのだと諦(あきら)めと割り切りを経て靴を履(は)き替え、教室に向かう途中。

「よう、秋人(あきと)。疲れてんのか？」

「秋くんおはよーっ！」

調子のよい男子と女子の声が後ろから聞こえた。

振り返れば暗めの茶髪を短く揃えたシャープな顔立ちの男と、快活(かいかつ)そうな雰囲気を漂わせる小柄な女子が手を繋(つな)ぎながら並んでこっちへ向かってくる。

男の方は宍倉夏彦(ししくらなつひこ)。どことなく犬っぽいと揶揄(やゆ)される笑顔は今日も健在だった。

隣の女子は多々良光莉(たたらひかり)。ライトブラウンのショートヘアを揺らしながら、小動物的な笑みを振りまいている。

一見どこに接点があるのかわからない二人だが――幼馴染(おさななじみ)同士で恋人だ。

おかげで二人の周囲には甘い気配が漂っていて、毎日のように二人のイチャイチャを見せつけられる独身貴族たちは悔し涙を流しているとか。

「……ナツと多々良か。おはよ。そんな疲れてるように見える？」

「目に覇気がない。いやまあ普段からやる気がないのはわかってるけどよ」

「今日はいつにも増して萎(しな)びてる？」

「褒めてるのか貶してるのかどっちだ？」

「俺は事実しか言わないのさ」

ふっ、と鼻で笑って背を叩かれる。本人は軽くやってるつもりだろうけど、貧弱な身体の俺には結構効く。

多々良も隣で目を細めて笑っていた。そんなところで息を合わせなくてもいいだろうに。

それにしても……覇気がない、ねえ。原因は間違いなく昨日の放課後のことだろう。

忘れ物を取りに教室に戻った俺は、優等生の間宮優が服を脱ぎながら自撮りをしている光景を目撃してしまい……秘密を守るように脅された。

あまりに突拍子もない出来事に巻き込まれて、精神的な疲れが残っているんだろう。

「秋人も体力つけろって。ランニングでもしてみないか？　気分変わるぞ？」

「お前みたいな陽キャと一緒にするな」

「秋くんには似合わないかもねー」

余計なお世話だし、言い出したのは俺じゃない。

「卑下しててもいいことないぞ？　野暮ったいけど秋人だって顔は整ってるし、髪型とか雰囲気とか変えたらモテそうなものだけどな。あと性格がいい」

「モテたいとは言ってない。それに性格がいいってのも褒められてる気がしない」

「そういうとこも含めて面白いやつなんだけどなあ」

「うんうん。秋くんはもっと自分に自信持った方が良いよ？」

「お前のことをわかり合える奴が少なくて俺は悲しいよ」

「俺は悲しくないから問題ないな」

よよよ、と下手くそな泣き真似を披露するナツに呆れつつ、適当な返事をしておく。

ナツは俺の目から見てもイケメンの部類に入るのだが、どうして俺なんかに構うのか半年ほどの付き合いでも理解に苦しむ。

多々良も俺のどこに面白さを感じているのかさっぱりわからない。やはり似た者同士ということなのか？

雑談を重ねつつ廊下を歩き、教室まで来たところで、

「じゃあ、光莉はここでお別れだね」

多々良はナツと繋いでいた手を離して、「じゃあねっ」と隣の教室へ向かっていく。

「同じクラスじゃなくて残念だな」

「そりゃあそうだが、この程度で俺とひぃちゃんの気持ちは離れたりしないんでね」

ナツは当然のように言ってのける。『ひぃちゃん』というのはナツが多々良を呼ぶときの愛称だ。昔からそう呼んでいたらしい。

遅れて俺とナツも自分たちの教室に入ってみれば、いつも通りの朝の風景が広がっている。

鞄を机に置いて準備をするためナツと別れて自分の席――窓際最後列の右側に座った。

朝のホームルームまでの時間の活用方法は様々だ。

友達と集まって話したり、課題に追われていたり、自主学習に励む人も寝足りないのか机に突っ伏している人もいる。

俺はというと、スマホで適当に時間を潰すことが大半だ。

だが、ナツは思い出したかのように「あっ」と声を発し、

「数学の課題やり損ねたっ！」

「いつものだな」

「そう言わずにさあ……なあ、俺たち友達だよな」

ナツは気持ち悪い猫なで声で、後ろから俺の肩に腕を回してくる。

「肩を組むな暑苦しい」

「男の友情ってやつだよ。てわけで、俺の秋人に対する溢れんばかりの気持ちに免じて一つ」

「回りくどい言い方をするな。あと自称溢れんばかりの気持ちは多々良に注いでやれよ」

「どれだけ愛を注いでも人間ってのは満たされない生き物なんだよ」

「深いこと言ったとか考えてるんだろ。どや顔うざい。……まあいいけどさ」

はあ、とため息をついて「探すから待ってろ」と一声かければ、「流石は秋人さん話がわかるぅっ！」と漫画の小者みたいなセリフを吐いていた。

鞄から数学のノートを探し出して手渡せば、「恩に着る！」と満面の笑みで受け取って自分

の机へと戻っていく。ことあるごとに恩に着ていたら、ナツの頻度だとすぐに着ぶくれしてしまいそうだ。

暇になった俺はスマホを弄りつつ時間を潰していると、不意に左隣の席の椅子が引かれた。その主は……間宮優。昨日、俺を脅して秘密を握らせた張本人が、まるで何事もなかったかのように微笑みを浮かべていた。

「おはようございます、藍坂くん」

頭上からかけられた朝の挨拶に、緊張のせいか心臓が少しだけ鼓動を速めた。ぎこちなく視線をスマホから外して隣へと向ければ、そこには制服を着こなした女子生徒——間宮優の姿があった。

意図せず昨日のことを思い出して、つい数瞬ほど胸元へ注意を向けてしまった。慌てて意識から外してそっぽを向きつつ、

「……おはよう、間宮」

挨拶を返さないわけにもいかず、あくまで仕方なく不愛想に短く返した。それのどこが面白かったのかわからないが、間宮は控えめに笑みを零しつつ、その腰を下ろす。

昨日見てしまった裏の顔なんて感じさせない楚々とした所作に、もしかして夢でも見ていたのかと考えてしまう。けれど、スマホには変わらず間宮の連絡先が登録されていて、あの写真も履歴に残っている。

あれが裏の顔なのだとすれば、今は警戒しなくてもいいはずだ。そう思わないとやってられない。

自分に言い聞かせるように心の中で「大丈夫だ」と何度も唱えていると、スマホが通知をバイブレーションで伝えた。

スマホの画面上部には、間宮の名前が表示されている。

不意打ちに驚きながらも、周囲の目がないことを確認して机の下にスマホを隠しながらトーク画面を開くと、

『今日の放課後、空いてる？』

そんな一言が届いていた。

ちらりと隣を見てみれば、返ってくるのは優しげな微笑みだけ。その裏でどんな策謀を巡らせているのか、俺に見通すことはできなかった。

……わからない。断るのは簡単だけど、俺は間宮に弱みを握られている。機嫌を損ねるのは選択肢として良いものとは思えない。

幸い、放課後に予定はなかった。けれど、すぐに返事をするのも躊躇(ためら)われ、しばし思考の時間をおいてメッセージを返す。

『何する気だ？』

『それは放課後のお楽しみ♪』

お前誰だよキャラ崩壊してんじゃねーか。咄嗟に湧き上がった言葉を呑み込む。読めない。

全くもって、間宮が何をしたいのかわからない。

『放課後』と指定があることから裏の顔の方で用事があるのは一応察せられるが、俺を呼んでどうする気なのかは不明瞭だ。考え込んでいると、追加のメッセージが送られてくる。

『来なかったらあの写真バラまくから、そのつもりでねっ』

もうやだこの女。

優等生？　誰それ。実は悪魔ですって言われても納得するぞ。

初めから俺に選択肢はない。

あの写真がある限り、俺は間宮の言いなりになるしかない。純粋に握られているものが強すぎる。

これ警察に訴えたら勝てない？　……なんか勝てなさそう。

制服のＤＮＡ鑑定でもしたら、繊維に付着した皮脂とかで簡単に検出されるだろうし、それが逆に俺を不利にする証拠になりかねない。詰んでる。

「……はあ」

軽いため息。答えはわかっているだろうけど、返信しないわけにもいかない。『わかった』と短いメッセージを送って、再びため息。

「藍坂くん、どうしましたか？　そうため息ばかりだと幸せが逃げてしまいますよ？」

そんな俺の気も知らず……否、わかりきっていながら意図的に無視して心配したように声をかけてくる間宮。

俺の顔を覗き込む表情には言葉と同じ感情を滲ませていて――ヘーゼル色の瞳には隠しきれていない愉悦が含まれていることに気づく。

それは俺にだけ見えているから見せている、裏の顔。

猫を被るのが上手すぎる。

こんなところまで優等生じゃなくていいだろ。

「元気ではないな。疲れててさ」

「そうですか。帰ったらちゃんと休むんですよ？」

「わかってるよ」

まともな返事をする気力もなく適当に返したが、間宮は俺を心の底から心配するような表情のままなので大変複雑な気持ちを味わってしまう。

調子狂うなほんと……頼むからどっちかにしてくれ。

授業が進んで、昼。自分の席で一人での昼食だった。

ナツは彼女と中庭で食べてるらしい。イチャイチャを目の前で見せつけられるよりは精神衛生上いいので、特に文句はなかった。一人で食べるのにも慣れている。

隣では食べ終わった間宮が次の授業の予習をしていた。真面目だよな。成績も前回のテストでは学年でも一桁には入っていたし。

俺は母さんが作ってくれた弁当を食べ終え、スマホでアプリゲームを動かす。オートで進む戦闘風景を眺めながら考えるのは、放課後に控える憂鬱な出来事。

「……はあ」

自然とため息が漏れるのも仕方のないこと。そう納得させながら気持ちを落ち着けていると、近くからガタンッ、と音が聞こえた。間宮のペンが俺の椅子の下に転がってくる。

「ご、ごめん間宮さんっ。よそ見してて机にぶつかっちゃって……」

「いえ、大丈夫ですよ。内海さんこそ怪我はありませんか？」

「僕は大丈夫だけど……」

どうやら男子が間宮の席にぶつかってしまったらしい。内海は申し訳なさそうに謝りながら、床に視線を巡らせている。間宮もそれを追うようにしていると、机の下に誰かのスマホが落ちていることに気づく。

内海も遅れてスマホを発見したが、先に拾い上げたのは間宮だった。

「これは内海さんのものですか？」

丁寧に聞けば、内海はこくこくと頷く。焦っているようにも見えたが、それならと間宮は

内海にスマホを手渡した。内海は素早く画面を確認し、ほっと息を吐いて、

「ありがとうございましたっ」

礼を言って走り去っていった。多分間宮の机にぶつかり、教室中の注目を集めて気まずかったのだろう。俺も気持ちはよくわかる。

椅子の下に転がっていた間宮のペンを拾い上げて手渡せば、ご丁寧にお礼が返ってくる。

勉強を再開した間宮だったが、教室の扉が開く音が聞こえて、

「間宮はいるか？」

がたいのいいジャージ姿の男——このクラスの担任教師であり、生徒指導も務める我堂大先生が間宮を呼んでいた。間宮は、予習の手を中断させて立ち上がる。

大先生が抱えているのは山のように積み重なったプリント。それを教壇に置いて、言葉通りに間宮がいる方向へ視線を向ける。

「どうしましたか？」

「次の授業で使うプリントを運んでほしくてな。頼んでいいか？」

「わかりました」

「できればもう一人くらい来てくれると助かるが……」

うーん……と大先生は教室へ視線を巡らせる。暇そうな生徒を探しているのだろう。だけど、大先生が指名をするより先に、

「……藍坂くん、よろしければ手伝っていただけませんか?」

実質的な命令が間宮から下された。

本人的には純粋にお願いしているんだろうけど、あの写真がある限り俺は日常生活でも対等に接することはできない。

我ながら負け犬根性が染みついているな。

「……わかった。手伝うよ」

「ありがとうございます」

礼なんて言われても寒いだけだ。スマホをポケットにしまって、大先生の後を間宮と並んで職員室へ。中に入って大先生の机に積まれていたプリントの山を確認。これは確かに一人で持つのは難しい。

すまんな、と言葉を漏らした大先生に二人揃って頷いて、まずは俺がプリントの山を切り崩しにかかる。目測で持てそうな量を両手で持ち上げ――いや重いな。

俺が貧弱なだけかもしれないけどさ。

「藍坂くん、それは持ちすぎです」

「いいから」

「ですが」

「これくらい平気だって」

　ちょっと腕は震えてるけど、教室までなら多分大丈夫。女子よりも少ない量を持ってたら何のための手伝いかわからないし。なにより、そんなことをしたら間宮を好きな連中から睨まれかねない。

　あと、俺よりも細い腕の間宮に多く持たせるのは不安だ。

　間宮は渋々認めたのか、残っている俺の半分くらいの量のプリントを抱える。それを満足げに眺めていた大先生が頷いて、

「二人とも頼んだ」

「「わかりました」」

　返事をして二人で教室に戻る。間宮の二歩ほど後ろをついていくようにして、廊下を歩きながら浴びせられる注目を意識から排するべくプリントの重みに集中した。

　にしても本当に量が多い。大先生が頼りたくなるのはわかるけど……あの人平気な顔して持ってなかったか？　ジャージの上からでもわかるほどの筋肉量を誇る大先生と比べるのが間違ってると言われればそれまでだけど。

　来たときよりもゆっくりとした足取りで廊下を歩いていると、

「すみません、頼んでしまって。量も全然違いますし」

　突然、間宮はそう謝った。

「悪意はなかったんだろ？」

「そうですけど……それとこれとは話が違うといいますか。断れない状況でしたから」

「文句を言う気はないって。ちょうど食後の運動がしたかったところだ」

変に罪悪感を持たれても困る。しかし、間宮はきょとんと目を丸くして控えめに笑った。

「何がおかしいんだよ」

「いえ……優しいんだなあ、と思いまして」

間宮のことだ、俺が嘘をついていることなんてわかっているだろう。普段の生活を知っていれば、俺がそんなことを考える人間じゃないことは簡単に見分けがつく。

できるなら動きたくないし、ましてや昨日の今日で間宮と関わりたくもなかった。それでも、直接頼まれたら断れない。助けることで少しは状況が好転するんじゃないかという打算もあったけど、それも多分バレている。

自分の浅はかさを突き付けられているようで、妙に背中がむず痒かった。

「本当に優しいやつは言われる前に名乗り出てるって」

「それもそうですね」

自分で言っておいてなんだけど、素直に納得されると微妙なものがある。

「……それでも、やっぱり優しいと思いますよ？」

微笑みながらの呟き。

話は終わったと気を抜いていた俺の耳にすっと入ってくる。昨日あんな脅しをかけられた相手に優しいと褒められたところで嬉しくない。

頼まれたからやったこと。俺でなくても、他の誰かが間宮に頼まれれば頷いたはずだ。

優しさなんて微塵も介在しない選択のはずなのに、それを俺が優しいと勘違いされるのは嬉しくない。

「……冗談はよしてくれ」

「冗談ではありませんよ。本心です」

「……尚更ダメだ」

「せっかく褒めていたのに、ですか？」

「ならその含み笑いをどうにかしてくれ」

俺の反応を見て楽しんでいたのだろう。放課後なにか言われそうな気はするけど、気にしなければどうということもない。

俺みたいな男にも、ちっぽけなプライドの一つや二つくらいあるってことだ。

「では、そういうことにしておきます」

「……まあいいや、なんでも」

間宮の中でそう認識が定まってしまったのなら、俺がとやかく言っても無駄だ。

早々に諦めて、教室までの道のりを歩くのだった。

放課後。

部活や帰宅で人気がなくなった教室にいるのは、俺と間宮の二人だけ。

「さて、と。そろそろいいかな」

隣の席で課題をしていた間宮が、声の調子を変えて呟く。優等生モードは終わりらしい。課題を鞄にしまい、両手を頭上で伸ばす。

「んー……」と漏れた声、背を反らしたことで制服を内側から押し上げるように胸の大きさが強調された。無防備にもほどがある。俺に対しては警戒する意味もないということか。

「どうしたの？　そんなにおっぱい見て」

「頼むから少しは恥じらいを覚えてくれ。あと見てない」

「服の上からだし、日ごろから視線は感じてるから慣れちゃった。それに、藍坂くんはちょっと遠慮がちに見てるからさ。初心なんだなあって、からかってる気分になって面白いんだよね」

ごめんね？　と平然と笑顔を浮かべながら間宮が言う。

普通この状況で恥ずかしがるのって間宮じゃないの？　なんで俺の方が恥ずかしくなってんの？

優等生モードの間宮にも勝てる気はしないけど、素の間宮にも勝てる気がしない。対人関係の練度が違う。

「……で、今日は何させる気だよ」

「言い方に棘があるよね？」

「気のせいだ」

「そう？　えっとね、今日は昨日の続きをしようかなって。裏アカに上げる用の写真、結局撮れなかったし」

昨日は俺がその場面に出くわしてしまって、写真撮れなかったんだな。絶対に謝ったりしないけど。

「それでさ、ちょっと協力してほしいんだよね」

「……協力？」

訝しみつつ聞き返す。

「一人で撮ってると構図とかマンネリ化しちゃってさ。せっかく都合のいい人手を確保できたから、撮ったことのないアングルで撮ってもらおうかと」

「……俺が？　間宮の裏アカに上げる写真を？」

「そう。文句あるならあの写真バラまくけど」

「鬼かよ」

「これでも花の女子高生なんですけど」

平然と脅迫してくるような奴が自分を花の女子高生とか言わないでほしい。

というか、マジで俺が撮るの？

裏アカに上げるって言ってたし、昨日の様子を見るにちょっとエッチな写真ってことだよな。

本当に俺が撮って大丈夫か？

撮ったら脅迫材料増えない⁇

「先に言っておくけど、この写真を撮ったことで後から何か文句をつける気はないよ。私が頼んでることだもん」

「昨日脅迫されてた俺が信じると思ってるなら病院行った方がいいぞ。頭の」

「酷いなあ。でも、こればっかりは信じてもらうしかないかな。どうせ逃げられないんだし、腹括ったら？」

「それは断じて間宮が言うべきことじゃない」

なんだよ「腹括ったら？」って。日常会話で聞く機会はそうそうないぞ。

よくよく考えればどうせ逃げられないし、今更証拠写真の一つや二つ増えたところで変わらないけど、自分から認めるのは癪だ。

「わかった。それで、どんな写真撮る気だよ」

「えっとねー……机に座って膝を立ててるのを正面からローアングルで撮って」

「……それパンツ見えないか？」

「見えるんじゃなく見せてるの」

「痴女じゃん」

「違うよ。これは必要経費。でもさ、藍坂くん的には嬉しいよね。写真を撮ってる間はＪＫのパンツを好き放題見れるんだから役得じゃない？」

「俺に対する認識について一度話し合った方がいい？」

頬(ほお)をぴくぴくと震えさせながら聞き返すも、間宮からの反応はない。仮に頷いてたら「え〜、藍坂くんのエッチ〜」とか、ニヤニヤしながら言われてた気がする。

それよりも、どうして普通にパンツが見えるアングルで撮らせようとしてるのか意味がわからない。用途的には不自然じゃないいんだろうけど、最低限同性か彼氏に頼めよ。

健全な男子高校生的には確かに嬉しいイベントだろうよ？　でもさ……こう、上手(うま)く言えないけど趣というか、シチュエーションを選ぶ権利はあると愚考する次第で。

開けっぴろげて見せられるより、自然にちらっと見えるとか、恥ずかしがりながら見せられるのが興奮するのであって……ってこれは俺の性癖じゃなく一般的な意見だぞ。

多分。

信憑性(しんぴょう)は知らないけど。

「ま、細かいこと気にしても仕方ないし、始めよっか」

手をぽん、と叩いて、間宮が椅子から立ち上がる。

上履きを脱いでから流れるように机に腰を下ろして、右脚の膝を抱えて左脚をそのまま伸ばした。

黒いタイツに包まれた脚。

滑らかな脚線美はさることながら、ついついその先へと辿ってしまう。

膝、太ももと視線が動いて、スカートに隠れている暗い場所へと続き――罪悪感からか目を逸らしてしまう。

だって、その先はパンツだ。犯罪チックなアングルと思考に揺さぶられて、逆に頭の奥は冷静になっていた。

なによりも脅されてるわけだし、俺が悪いわけじゃない。

「私のスマホ使っていいから。カメラ、藍坂くんのよりも性能いいし」

「……ほんとにやるのか」

「撮らなきゃ上げられないからね。さ、一思いにやっちゃってよ」

「…………わかったよ。「パンツ見られたー」って、後で文句言うなよ」

「言わない言わない。あ、ちなみに水色だよ。前にちっちゃいリボンがついてる可愛いやつ」

「頼むから余計な情報を足さないでくれ頭がバグる」

「どうせ見るんだしいいかなーって」

頭のネジ外れてるのか……?

少なくとも俺が男として見られていない、ないし舐められているのは確実だ。それはちょっと、腹立たしく感じた。

　にやりと口角を上げて笑っている間宮からカメラを起動したスマホを受け取って、すーっと大きく息を吸い、吐き出して。

「じゃあ、撮るぞ」

　緊張を抱いたままカメラを間宮に向けて伝えると、「うん」と一切の抵抗なく頷いた。

　借りたスマホのカメラを間宮へ向ける。被写体となる間宮には緊張がなく、微笑みすら浮かべていた。

　その余裕、今だけは分けてほしい。

「撮らないの？」

「まあ待てよ準備ってものがあるだろ」

「主に心の、ね」

「わかってるなら少しくらい待てよ」

「いや。私待たされるの嫌いだし」

　わがまま女が……普段の優等生モードはマジでなんなんだよ。

　はあ、と深いため息をついて、画面に間宮の姿を収める。

「言い忘れてたけど、顔は写さないでね？　身バレするし」

「なら制服で撮るのもやめた方がいいだろ」

「それはそれ。ＪＫブランド大事だし。あと、パンチラ撮ってね。せっかくのローアングルで自分じゃ撮れない角度だから」

「注文が多いな……」

ＪＫがどうとかはともかく、パンチラの方は初めからそのつもりだったから俺にパンツの詳細情報を与えた……複雑な気分だ。

とりあえず要望は満たそうと顔を写さないようにカメラを下の方へ動かし、スカートのあたりを中央に。

脚のラインに沿って広がっているスカートの裾は女子高校生らしい短さだ。右脚の膝を抱えていることでより短く感じられるそれを指先で摘まみ上げている。

黒いタイツに包まれた艶やかな二本の脚。上履きを脱いでいることで露わになっているつま先は、猫の手のように丸められていた。

スカートの生地越しに机とぴったり密着している太ももと、その奥で僅かにしか見えていないのに、これでもかと存在を主張するのは黒いレイヤー越しの水色の布地。

つい視線が釘付けになってしまうくらいには煽情的で、どうしようもなく欲求を刺激する光景に、身体の温度が少しずつ上がってくる感覚があった。

俺だって男だからさ、そりゃあ見えたら見ちゃうよ。あくまで条件反射として。

ましてそれが間宮——普段は優等生で隙のない、可愛いと称して差し支えない女の子のパンチラなら、特に。今となっては裏の顔のインパクトが強すぎて優等生って誰だよ、みたいな心情になりつつあるのは置いといて。

「あ、今見えてるでしょ」

「……見えてない」

「嘘。見えるようにしてるし。隠さなくていいよ。それより……どう？　女の子のパンチラを見た感想は」

「今すぐやめたい」

「じゃあ、早く撮らないとね」

軽いため息。思考をリセットしてカメラの調整に入る。

顔を写さず、パンチラを撮る。脚のラインも入れて、パンツも写っているのを確認しつつシャッターを切った。

カシャリ、と音が響き、敗北感のようなものが脳を侵していく。

「その調子で何枚か撮ってよ。一番いいやつ上げるから」

「……わかった」

「ポーズも適当に変えるね」

一方的な指示に頷くと、間宮が体勢を変えた。

さっきよりもパンツが多く見えるよう、左右に脚を開いて座っている。

広がったスカートの裾の影。太ももの付け根まで見えているにも拘わらず、間宮の表情は至って平気そうだ。

逆に俺の方は気が気でない。

どうやっても写真を撮る、という作業をするために見る必要があり、間宮のエロチックな姿が焼き付いてしまう。

そこにいるのは確かに優等生として過ごす間宮優というクラスメイトと同一人物で、表に出ているのは間宮優という人間の裏の顔。

そのギャップに混乱しながらも、甘い誘惑からは目を逸らせずにいた。

「……間宮。お前さ、この写真を俺がバラまくとか考えなかったのかよ」

「え？　だってそんなことしたら藍坂くんのもバラまかれるんだよ？　するわけないよね、そんな無駄なこと」

その通りだ。

間宮の立ち回り方次第では俺だけが被害を受けることになる。どうやっても間宮の独り勝ち……だからこうして俺にも秘密を守るメリットがあると示すために、こんな姿を見せられているのだろうか。

上手く言葉に表せないけど、とても悔しい。

間宮の動きが止まったところでシャッターを切る。数枚撮って、間宮がポーズを変えて、また数枚。

　修行中の僧侶はこんな感じなんだろうか……と、よくわからない境地に辿り着きつつあったところで、

「それじゃあ一旦撮った写真見せて」

「上手く撮れてるかは期待するなよ」

「ダメだったらバラまく」

「言うの遅いだろっ⁉」

「あー騒がない騒がない。人来ちゃうって」

「っ、」

　間宮が俺の唇に人差し指を当てて塞ぐ。

　あまりに自然なそれに息を詰まらせ、遅れて一歩退いた。

「ダメだよ？　これは私と藍坂くんだけの秘密、なんだから」

　間宮はその人差し指で自分の下唇をなぞって、ぱちりとウィンクを飛ばす。

　窓の外は茜さす空模様。頬を朱色に染めた間宮は、優しく柔らかに微笑む。

　つい視線を奪われ、同時に息苦しさのようなものを感じて――その間に写真のチェックを済ませていた間宮が「ばっちりだね」と満足そうに呟く。

「ねえ、藍坂くん。私ね、労働には対価が必要かなって思うの」

唐突に、そんなことを言った。

どういうことだと真意を考えるよりも前に、間宮はスカートの裾へ両手を伸ばす。そして
――そのまま裾を摘まんで、ゆっくりと持ち上げた。

「っ、は？」

辛うじて出たのは間抜けすぎる声。

黒いタイツから薄っすらと浮かび上がる水色のパンツが視界に飛び込んできた。それを見るのを妨げる存在はなく、思考回路がショートを起こす。

なんで、どうして――なんて強い困惑と、女の子が俺にだけ見えるようにパンツを見せているという非日常で現実感の薄いシチュエーションに、頭が茹だってしまう。

「男の子ってこういうのが好きなんでしょ？」

「……………からかうのもいい加減にしろよ」

熱くなった顔を隠すように目を逸らすと、くすりと控えめな笑い声が聞こえる。

「襲いたくなっちゃう？」

欲望を刺激するような、間宮の囁き。

大きく跳ねた心臓。くらり、と眩暈の前兆のようなものを感じる。意識的なゆっくりとした呼吸で息を整えてから、

「……なわけないだろ」

「そう？　それより、見なくていいの？　藍坂くんへのご褒美のつもりだったのに」

「頭おかしいんじゃねーの」

「でも見てるじゃん」

「うぐっ……」

　正論パンチはやめろ俺に効く。こっちは見ないようにしてるのに、どうやっても見えるんだよ。そもそも見せてるのは間宮だ。

「あ、わかった。もしかして触りたかったとか？」

「違う」

「顔には触りたいしもっと見たいしタイツ脱いで蒸れたパンツの匂いを嗅ぎたいって書いてるけど」

「とんでもないこと言ってる自覚あるか⁉」

「仕方ないよね、男の子だもん。それがいいなら……ちょっと恥ずかしいけど、してあげてもいいよ」

「マジでやめろそれ以上はまずい」

　さらに三歩後ろに引いて真顔で言えば、返ってくるのはお腹を抱えて笑う間宮の姿。

「あははっ、慌てすぎだって。そんな度胸ないのわかってるから」

　正しいのに、無性にむかつく。

返す言葉も浮かばないまま立ち尽くしていると、ズボンのポケットに入れていたスマホが震えた。

「それはおまけ。欲求不満のまま帰しちゃうから、せめてもの罪滅ぼしってことで」

碌でもないものが送られた予感をひしひしと感じつつも間宮とのトーク画面を開いてみれば、俺が今日撮ったうちの一枚が送られていた。

片手でスカートを摘まみ上げ、柔らかそうな太ももと水色のパンツがしっかりと写っている。それは俺が撮っていたなかでも、不本意ながらベストショットだと感じていたもの。

「……どうしろと?」

「夜のおかずにでも使ったら?」

「無駄な配慮だな……マジで要らねえ」

げんなりとしつつ返して、トーク画面を閉じる。

「素直じゃないね。喜べばいいのに」

「男子高校生の心は繊細なんだよ」

ともあれ初めて行われた間宮との写真撮影は、極度の精神的疲労と引き換えに表面上は何事もなく幕を下ろした。

◆

「ただいま」

「おかえり～秋人」

家に帰った俺を出迎えたのは、社会人二年目の姉――紅葉（あかは）だった。若い見た目の姉だが、その中身はお酒大好きなダメ人間……かと思いきや、職業は看護師をしている。

今日は早番だったのだろう、まだ六時前にも拘（かか）わらずソファに背中を預けてチューハイ缶を傾けている。時々職場の愚痴を聞かされて大変なのは知っているので、それがお酒で紛（まぎ）れるのならいいと思っていた。

もちろん飲み過ぎは良くないけど。

「母さんは？」

「仕事。夜は麻婆豆腐作ってあるからそれ食べてーって」

ちなみに母さんも看護師をしている。父は警察官だ。家にいる時間があったりあわなかったりするけど、家族仲はそれほど悪くないのではないだろうか。

「で、アカ姉は何かあったの？」

姉がこんな時間からお酒を飲んでいるときは、大体職場で何かあったからだ。

そんな決めつけで聞いてみれば、姉がぐぐっとチューハイ缶を呷（あお）るように傾け――最後の一滴まで喉（のど）を通してから空の缶をテーブルに置いた。

9%
ALC

「そうよ！　あーっ、思い出したら腹立ってきたー！　あのクソジジイ、私の尻を触って「若い女の割に硬いのお」とか言ってたのよ⁉　私はまだ二十四だってーのっ！　しかも人のケツを勝手に触んなよクッソジジイっ！」

ぜえ、はあ、と息を切らしながら姉は捲し立て、「飲みたりない！　ビール！」と俺に取ってくるように要求する。俺はそれに逆らわず、冷蔵庫から缶ビールを取ってきて手渡し、

「あんまり飲むなよ？　身体壊すよ」

「このくらいで壊れる身体なら私は今頃ストレスで死んでるっつーのっ！」

姉は缶ビールのプルタブを開け、勢いよく喉へと流し込む。っぷはぁーっ！　とどことなくキマった表情で一度缶をテーブルに置いて、姉は俺に視線を向けた。

「……で、秋人は？　学校楽しかった？」

「普通だけど」

「素っ気ないわね。そろそろ彼女の一人や二人……はダメ。寝取り寝取られ展開NGだから」

「彼女？　できるわけないだろ」

自分でも驚くほどに冷たい声音だった。

「……やっぱりまだ、ダメそう？」

「前よりは良くなった感じはするけど、自分から進んであんなことを思い出すのは御免だし」

というのも、二年前――中学時代に降りかかった出来事が原因だった。

中学二年生のときにとある女子から告白された。

その女子はいわゆる派手な印象の、悪く言えば遊んでいそうな容姿のクラスメイトだった。髪を染めていたりするわけではなかったけど、常に数人の女子とつるんでいた。

その人はクラス内の人気者——スクールカーストの上位。だから、俺のような陰キャが関わるような相手ではなかった。本来なら。

しかし、その女子から突然呼び出され、「好きです」なんて言われて、当時の俺は舞い上がっていたのだ。言葉の裏側に気づかないまま答えを口にしようとした俺は、ちゃぶ台をひっくり返すが如(ごと)き勢いでどん底へと落とされた。

「罰ゲームでも藍坂なんかに告白とかやっぱり無理！」……そう聞いた俺は頭が真っ白になって、その様子を最初から見ていた彼女の友人たちから送られる冷ややかな視線に耐えきれず、泣きながら逃げ出した。

その出来事をきっかけに俺は家族以外の女性に対して不信感を抱くようになり、高校生になってからは多少の改善はあったものの、根本的な解決には至っていない。

間宮のあれは正直不意を打たれてしまったからだけど、あくまで秘密を守るためという理由があるから成り立っている。日常生活を見ている限り間宮が嘘をつくとも、そのメリットも薄いと考えているが、完全に信用することはないだろう。

常に疑ってかかるのが癖になっていた。

「ま、俺は無理だろうし。それよりアカ姉はどうなのさ」

「……………なにが言いたいの？」

鋭い眼光。

言葉を間違えれば斬られる——ことはないだろうけど、面倒ごとは避けたいので視線を逸らす。

はあ、とため息の音が聞こえて、空気が僅かに弛緩する。

「私ならアキみたいな男は放っておかないのに。見る目ないわね。昔のそいつも、アキのクラスメイトも」

それはどうだろうか。

「それよりさ。お酒だけじゃあ飽きちゃうし、何か作ってよ」

「麻婆豆腐は？」

「胃の中。ああ、アキの分は残してあるから安心して」

どうやら先に食べてしまったらしい。俺の分を残していたのは最低限の理性が残っていたからだろうか。酔った勢いで食べかねないし。

でも、何か作って……か。指定なしが一番難しいのを姉はわかっているのだろうか。

とりあえず冷蔵庫を確認。あー……これならだし巻き卵とかかな。

「ちょっと待ってて」

「はいはーいっ」

こんな時ばかり調子のいい返事が聞こえてくる。少しはアカ姉も料理を覚えてほしい。俺の労力的に。

俺は一度部屋に戻って制服から着替えて、だし巻き卵の調理に取り掛かった。

◆

家に帰れば、いつもの静けさが私を出迎えた。

数年前に離婚して父親に引き取られた私だけど、肝心の父親は出張が多く家を留守にしている。だから、基本的に家を使っているのは私一人だけ。

もしかしたら出張先で新しい女の人を摑(つか)まえているのかもしれないけれど、それでもよかった。父親が相手を選ぶのに私の意思は関係ないし、生活費は振り込んでもらっている以上文句は言えない。

一人の生活にも慣れてきたけど、多少なりとも寂(さび)しさは感じる。

その反動なのかわからないけど、部屋に置いている大きいサメのぬいぐるみを見ると安心するようになってしまった。

「はあー……今日も疲れたぁ」

靴を脱いで廊下を歩く間にぐーっと背を伸ばして、今日一日の疲労を言葉一つで吐き出す。

優等生を演じるのも楽じゃない。

今では演じている意識も薄くなってくるほど馴染んできたけど、気を抜けば素の私が出てしまう可能性もある。特に最近は……放課後のこともあって、境界線が緩くなっているのかもしれない。

刺激を求めて学校でちょっと過激な写真を撮るまでは良かったけど、それが藍坂くんにバレてしまったのは不覚だった。不幸中の幸いだったのは、申し訳ないけど藍坂くんを脅して口止めできたことと、私の秘密を言いふらそうとしない相手だったこと。

これが先生とかだったら……学校生活が終わっていた。

次がないように気をつけよう、ほんとに。

「……でも、これはこれでよかったのかも」

手洗いうがいを済ませてからリビングのソファに腰を下ろし、スマホを起動して学校で撮ってきた写真を表示する。

若干ローアングル気味で、脚と下着が写った煽情的な一枚。これなら今までよりもたくさんの反応が貰えそうだ。男の人はこういうフェチ的な要素が強いものが好きってよく聞くし。

藍坂くんの反応的にも間違いないと思う。というか、藍坂くんがあまりに初心だったから、からかいすぎてしまった。今時、珍しいくらいに女の子への耐性がない。

それが面白いところでもあるけれど。

「ま、その分いい思いはさせてあげてるし、文句を言われる筋合いはないかな」

今日だって色々と提供したし。

家で私の写真を使ってるのかなあ……それはないか。もしその気があるなら写真撮影のときに遠慮なく見ていたはずだし。

そこまで考えて、ついため息が漏れ出た。

「……ほんと、どうしてこんなこと始めちゃったんだろ」

私が少しだけ抱いていた後悔のようなもの。

ほんのわずかな興味と承認欲求を満たしたくて裏アカを作り、写真の投稿を始めた。

私の身体は自分で言うのもなんだけど女性的で胸もあるし、ちょっとエッチな写真を撮れば簡単にいいねがついた。彼らが私じゃなく私の身体を目当てで見ていて、そういうコメントをしてきているのはわかっていたけれど、それでも承認欲求は満たされる。

とても、気持ちが良かった。

以来、私は裏アカに上げるための写真をいろんな場所で撮っている。

学校で撮ろうと考えたのは、もしかしたら誰かにバレてしまうかもしれない、というスリルも同時に味わうためだった。

本当の私はみんなに褒められるような優等生じゃない。

裏アカ女子なんてことを始めてしまう、承認欲求が強くてちょっとエッチな女子高生。

「それにしても……藍坂くん、あんな姿を見せても手すら出してこないって男としてどうなんだろ。私、そんなに魅力ないのかな」

第3話　私のこと好きなの？

放課後の教室で写真を撮った翌日も、間宮の雰囲気は何一つ変わらなかった。学校内では優等生のままだし、昼間に裏の顔を見せる様子もない。

けど、間宮と多少のやり取りを行うようになった。

授業中、ノートの端に文字を書いて筆談したり、メッセージで一言二言の世間話をしたりの微々たる変化。文字でのテンションは裏の顔寄りで、毎度ひやひやさせられている。

しかし、あの写真が流出したなんて噂も聞かないし、間宮と放課後に行っていた写真撮影に関しても同じ。俺が秘密にしている間は約束を守る、というのは嘘ではなさそうだ。

ひとまず安心な一方で、あんな関係が続く末恐ろしさを感じて胃が痛む。平穏な学校生活が守られてはいたものの、弱みは握られているまま。依然として危機的状況は変わっていない。

「今日、私たちが日直ですね」

朝。ホームルーム終わりに間宮から伝えられたそれに「そうだな」と頷く。

うちの学校は基本、隣の席の人と日直の当番を回していく。だから間宮と一緒なわけだけど……こればかりは嫌ではない。

平常時の間宮は優等生だし、問題行動は起こさない。頼りになるし、効率的に仕事をこなすので組む相手としては楽な部類だ。

日直の仕事は授業開始と終了時の挨拶（あいさつ）、授業後に板書を消すこと、日誌を書いたり担任からの連絡事項を伝えたり、帰る前の掃除など。

重い仕事ではないけれど面倒ではある。けれど、さぼるわけにもいかない。

間宮だけに苦労を強いるのは俺としても本望ではないし、なにより周囲からの反感が怖い。

クラスで浮きたいわけではないのだ。

――数学の授業中、俺はふと横に座る間宮の様子を窺（うかが）った。

間宮は授業に意識を傾けていて、黒板に記されていく板書をノートに書き写している。

「――間宮、この問題を解いてくれ」

「はい」

老年の数学教師の指名に間宮が立ち上がり、黒板の前で問題を解いていく。迷いなくチョークで書いた解答に教師が丸を付ける。

「よし、正解だ」

間宮は教師に礼をして席に戻り、再び視線を黒板の方へと向けていた。集中力が乱れないのは羨（うらや）ましい。

そう考えているのも束の間。

間宮が俺の肘を軽く突いて、ノートの隅に書いた文字を見せてくる。

『お辞儀するとパンツ見えそうだよね』

知るかそんなこと。

スカート丈的に見えそうってのはわかるけどさ。こいつ真面目な顔で問題解いてたのにパンツのこと考えてたの？　なんかもう嫌だ……やっぱり痴女じゃん。

返答に困っていると、間宮はまた文字を見せてくる。

『ちなみに今日は白の紐だよ』

驚いて間宮の方を見れば、含みのある流し目を向けられた。

そして——座ったままスカートを右手で持ち上げる。露わになるのはタイツによってグラデーションを付けた太もも。視線が吸い寄せられるが、間宮の策略だと気づくや否や固い意思で視線を黒板へ戻す。

構う気はないというポーズのつもりだったが、間宮が肘を突いてノートを見せてきた。

『見たい？』

……こいつやっぱり頭おかしいよ。

何食ったら授業中に隣の男子に自分のパンツを見せようって発想になるんだ？　からかってるだけなのはわかってるけども、こいつならやりかねない。

秘密を守らせるために自分の胸を触らせて脅すような女だ。

だとしても間宮が白色の紐パンだって言ってるだけで、真実である保証はどこにもない。本当かもしれないし、嘘かもしれない。確かめるまではシュレディンガーのネコ状態だ。

そもそも見る気はないけどさ。

『見せる気ないだろ』

ノートの端に書いて間宮に見せれば、間宮はその下にすぐ文字を書く。

『見たいならいいよ？　減るものじゃないし』

えっ、と横を向く。そこで自分が失敗したことを瞬時に悟るも、誤魔化(ごまか)しようのない反応をしてしまった。

間宮は微笑(ほほえ)み――悪戯(いたずら)っぽい雰囲気も漂わせながら、俺の返答を待っていた。

間宮が言いたいことは理解できる。パンツは見られてもなくなるわけじゃない。だからって、それを躊躇(ためら)いなく他人に見せるのは違うけど。

けど――俺だって男だ。

しかも見た目だけでいえば文句のない美少女――間宮のパンツともなれば、その希少価値は言わずもがな。男子諸君にとっては垂涎(すいぜん)の光景だろう。

ここで素直に『見せて』などと言おうものなら、間宮に更なる弱みを握られることになる。

そんなことをすれば、間宮に二度と逆らえなくなってもおかしくない。

　結論、『見ない』と書こうとして――

「――次、藍坂。この問題を解いてくれ」

　隙をつくように、数学教師からの指名が入った。え、と顔を黒板に引き戻すと、間宮が解いていたものの応用問題が黒板に書かれている。

「藍坂、早くしなさい」

「あ、はい」

　俺は焦りながら立ち上がると、間宮が小さめのメモ帳を渡してきた。今付き合ってる暇はないと考えていたが、そこに書かれていたのは、俺が指名された問題の完璧な解答だった。

　俺はメモ用紙を複雑な気分で受け取って黒板まで出て、解答を書き写す。その解答を先生が見て、間違いがないか確認したのちに、

「正解だ。難しい問題だったが、よく解けた」

　一言褒められ、いたたまれない気分のまま席に戻った。負けた気分になりつつも、小声で間宮に「ありがとう」と言っておく。

　感謝するのには深い葛藤があったものの、助けられたのは事実。これは義理のようなもの。

　優等生の間宮が嫌いなわけじゃない。

　裏の顔の間宮も嫌いかと言われれば微妙だけど。

　めんどくさいとかの表現が一番正しい気がする。

『じゃあ、貸し一つね』

またしてもノートに書かれた文字を見て、俺はその考えを即座に否定する。

やっぱり嫌いかもしれない。


「秋人(あきと)〜、昼一緒に食おうぜ〜」

四時間目が終わってから、弁当を持ったナツがやってきた。

「多々良(たたら)は良いのか？」

「ああ。友達と食べるって言ってたからな」

「ならいいか」

俺が机の前半分を空けると、ナツは前の席から椅子(いす)を借りて対面に座る。そして弁当を広げ、美味(おい)しそうに食べ始めた。

「そういえば、授業中に間宮となんか話してたか？」

「……んえ？」

「なんだよその返事。やっぱりなにかあったのか」

にやり、と笑みを浮かべるナツ。

肝心の間宮は遠くの席で友達と思(おぼ)しき女子と昼食を楽しそうにとっている。この場所なら大きな声で話さない限りは聞かれることはないだろう。

俺も驚いて変な返事をしたのが悪いけど……秘密にしないと俺が社会的に死ぬので真実は言えない。

しかも今日の授業中といえば……思い出すべきじゃないな。俺が悪くないとはいえ、その弁明をどれだけの人が信じてくれるだろうか。

学校じゃあ圧倒的に間宮の信用度が上。それはナツでも同じだろう。

「あるわけないだろ。間宮と話してたように見えたなら、指名された問題を教えてもらっていたときだろうな」

「へえ……あの清楚可憐な美少女と授業中にマンツーマンの共同作業か」

「わざといかがわしい言葉選びをしてるよな？」

「バレたか。ま、大多数の男子からしたら羨ましい席だからなあ」

ナツが言ったように清楚可憐な美少女と呼ぶべき間宮は、当然ながらモテる。クラス、同学年だけでなく、先輩からも告白されたことがあるとかないとか風の噂で聞いている。

だけど、間宮に彼氏がいるなんて話は聞いたことがない。だから自分にもチャンスがあるんじゃないか——そう勘違いした男子は間宮に告白し、一人残らず見事に撃沈している。

俺？　一般的な感性として可愛いと感じるけど、できるだけ関わりたくない。放課後の一件ですら手に余る。

あの日、間宮を教室で見つけなければ隣の席に悪魔がいることを知らず、のうのうと平和な学校生活を送れていたというのに。現実はどうしてこんなに非情なのか。

「ま、ひぃちゃんがいるから俺は見向きもしないけどな」

「はいはいリア充アピール御苦労さま」

「なんだよ冷たいじゃん。てかさ、秋人は間宮のこと好きじゃないのか？」

「……嫌いじゃないって方が正しい。第一、俺は間宮を彼女に——とか全く考えてないし。ナツも知ってるだろ」

　半眼で視線を送りつつ、紙パックのカフェオレを飲み干す。

　ナツは俺の女性不信という事情を知る数少ない一人だ。多少なり女子と話せるのもナツのお陰だったりする。毎日のように多々良と一緒に俺のところに来ては話をしていくものだから、日常会話くらいはこなせるようになった。

　荒療治感は否めないものの、自分からは進んでやらなかっただろうから結果オーライ。感謝しているが、ことあるごとに「彼女は良いぞ」と押してくるのはやめてほしい。

　ナツは軽く肩を竦めて呆れたような目を向けて、

「高校生で早くも枯れてるのかよ。もっと青春を満喫しろって。部活だってやってないんだから、残すは彼女だけだろ？」

「あたかも高校生活が部活と彼女で構成されてるみたいに言うな」

　高校は勉強する場所だと思っていたのだが、俺がおかしいのだろうか。

いや、たぶんおかしいのはナツの方だ。

そうに決まっている。

僻みじゃないぞ。

というか、俺が間宮を好きだったら複雑な心境になっていただろう。好きな人がSNSにエッチな自撮りを上げている裏アカ女子なんて知ったら……うん、同情するね。

そうでなくても間宮からあんな扱いをされたら目が覚める。新たな扉が開く人もいそうだけど。人間とは斯くも業が深い生き物なのだ。

「つってもよお……俺は秋人にいい人を作ってほしいわけだよ」

「彼女がいるナツには関係ないのに？」

「いいや？　ダブルデートをしてみたい」

冗談じゃない。予定はないけどお断りだ。

デートとか二人だけで行けばいいだろ。わざわざ二組で行く理由があるのか？　あれか、「俺たちはこんなにイチャイチャするくらい仲いいですよー」って見せびらかしたいのか？

リア充の思考は俺にはわからない。

「彼女作りたくなったら相談してくれよ。俺が秋人をモッテモテの男に育ててやる」

「そんな機会は一生ないだろうけどな」

俺は過去を引きずっているから恋愛というところに結びつかないだけだ。

それでも間宮がパンツを見せてきたりしたときに動揺したり、意思とは関係なくドキドキするのはどうしようもない。単純に間宮の外見が俺の目からしても可愛いから、という理由は多少あるけれど。中身を考えると途端に微妙な心境になるから不思議だよな。

そんな話をしているうちに俺もナッツも弁当を食べ終わっていた。

残りの休み時間は二十分ほど……このままゆっくりしようかというところで、同じく昼食を食べ終わった間宮が隣に戻ってくる。

「さて、と。そんじゃ俺も戻りますかねーっと。頑張れよー」

ナッツは人のいい笑みを浮かべて、明らかに間宮が原因であることを視線で悟りつつも見送った。はあ、と胸に溜まったものをため息で吐き出すと、

「宍倉さんと何か話していたんですか？」

覗き込むように聞いてくる、間宮の丸い瞳と視線が交わった。さらりと艶のある黒髪が流れて、机と間宮の胸の間に落ちていく。

思わずそこに意識を引き寄せられつつも、軋むような動きで視線を逸らして、

「……どうしてだ？」

「宍倉さんの視線が私の方に向いていたので」

「……大したことは話してない。間宮はどうして彼氏を作らないのかなーとか、そんな話」

「ああ、それですか。皆さんその話好きですよね。単に好きな人がいないからですよ」

「俺に言っても良かったのか？」

「話しても困りませんから」

そう言って間宮は微笑み、俺のスマホが通知を伝えた。

『告白されるのは良いんだけど、何度も好きな人いないの？　って聞かれるのは面倒なの』

あー……モテるのも大変なんだな。美少女扱いされるのも楽じゃない、ということか。

さらに続けて通知が来る。

『だから藍坂くんは楽なんだよね。私に興味ないでしょ？』

……まあ、それはそう。

関わることがない高嶺の花に対して熱い感情を抱くことはないだろう。そもそも俺に間宮をどうこうしたい欲求がない。それは女性全般に言えることだけど。

その間宮が頭痛の種になっているのだから人生何があるかわからない。

「――藍坂くん、からかい甲斐がありますよね」

「っ」

いきなり耳元で囁かれ、ふぅと吐息が耳を撫ぜる感覚に肩が跳ねる。するとクスクスと控えめな笑い声が聞こえて、眉根が寄ってしまう。

あくまで今は昼休み。

優等生としての姿を崩す気はないらしい。

「どうしましたか？」

「……なんでもない」

そんなわけで真面目に日直の仕事をこなして、今日の授業が終わる。

クラスメイトの大半は部活か下校のために荷物を纏めて、すぐに教室を出ていく。残っている数人の生徒も数分程度で全員帰ってしまい、最終的に残ったのは日直としての仕事を残している俺と間宮だけだった。

「掃除をしてしまいましょうか」

「おう」

まだ優等生モードを続けるつもりらしい間宮の言葉に頷いて、教室の掃除を始めることにした。床ほうきで床を掃き、黒板を綺麗にし、溜まっているゴミを外の収集場へ運んで捨てる。

十月の午後。

涼しい風が頬を撫でて、少しだけ肌寒さを感じる。教室に戻ってみれば、丁度担任に日誌を提出しに行っていた間宮と合流する。

「全部任せてしまいましたね」

「俺も日直だしさ」

「そういう真面目なところ、とてもいいと思います」

「真面目ってわけじゃないだろ。誰でも同じようにするって」

日直の仕事くらいで真面目だ、なんて言われるのはどうにもむず痒い。間宮の方が圧倒的に真面目だし。あと、俺が担任と話すよりは間宮の方がスムーズだ。

「日直の仕事は終わり――ってことで、そろそろ良さそうだね」

優等生モードは終わりとばかりに伸びをして、裏の顔を覗かせた。口調も気楽なものに変えて、雰囲気も一変する。

浮かべる笑顔は花のようだが、それが俺にとって良いものとは限らない。

間宮優は裏アカ女子であり、俺を平気な顔で脅すような精神性の持ち主。警戒するに越したことはないはずだ。

間宮は帰宅に備えて荷物をしまいながら、

「そうそう。昨日撮った写真、凄く反応よかったよ」

間宮は嬉しそうに俺へ告げた。昨日撮った写真というのは間宮が俺にも送ったものだろう。反応が良かったと聞かされても正直どう返したらいいのかわからないし、裏アカに来る反応の種類なんて考えたくもない。

「そりゃよかったな」

「うんうん。で、また協力してくれるんだよね？」

「させられるの間違いだろ」

「まあね」

素直に認めないでくれ。

「それでさ。今日、一緒に帰らない？」

俺が、間宮と一緒に帰る？

……いや、普通に遠慮したいんだけど。

「……なんで？」

「話し相手がいた方が楽しくない？」

それはそうかもしれないけど……俺が間宮と一緒に帰ったりしたら、周囲の視線が気になってそれどころじゃない。

学校の誰かに見られたら大変だし、帰宅までの時間で精神力を消耗したくなかった。

「……断ったら？」

「バラす」

「即答、しかも拒否権ないのかよ」

「え？　藍坂くん、こんなに可愛い女の子と一緒に帰りたくないの？」

「自分で自分を可愛いとか言うやつに碌なやついないだろ」

どうしてこうも自分の容姿を疑わないのか。

間宮が可愛いのは認めるけど、それを自分で言うか？　客観的な評価を受けているから自信があるのかもしれない。俺が自分のことを「かっこいい」とか言ってたら、ただのナルシストだし。

ジト目で睨んでくる間宮。本気で怒っているわけではなく、半分くらいは演技の要素が含まれているように窺える。

「帰る途中で色んなとこ寄って青春っぽいことしたくないの？」

「俺が財布にされるやつでは」

「……私のことなんだと思ってるの？」

「理不尽に脅してきた頭おかしい猫被りの女」

「ひどーいっ」

感じていたありのままを伝えると、間宮は顔を両手で覆い隠して泣き始めた。ウソ泣きなのはわかってるから放置。あんな脅しを即座に実行するような間宮が、この程度でショックを受けて泣くとかあり得ない。

「そもそも帰る方向違うんじゃないのか？」

「さて、どうでしょうか」

顔を上げる間宮。やっぱり涙の痕なんてどこにもない。

それどころか不敵な笑みを浮かべている。

「……え、なに、もしかして近所なの？」

「私が藍坂くんの家なんて知ってるわけないじゃん」

「それもそうか」

「多分逆方向だけどね。一度も見たことないし」

「それ最後に『送ってくれるよね？』って俺が無駄に時間を食うやつじゃん」

「だってもう秋だし、五時を過ぎれば暗くなってくるし。それなのにか弱い女子高生を放置して一人で帰すの？　悪い人に襲われるかもしれないのに？」

それを言われると弱い。ただ……不審者なんかより間宮の方が遥かに邪悪なのでは？

間違ってもその場の判断で人を脅せるような奴が善良なわけない。

「てわけで一緒に帰ろっか」

「まあ、うん。そうなるよな」

教室の扉のところで手招く間宮に、俺も遅れないようにと通学用の鞄を背負って追いかけた。

「私って客観的に見て結構可愛いよね？」

「……まあ、客観的に見たらそうだろうな」

「そんな美少女と一緒に放課後の一時を楽しんでいるのに笑顔の一つもないなんて、私としては藍坂くんのセンサーが死んでいるのかなーって心配になるんだけど」

「誰のせいなのか考えてくれ」

俺は左手で眉間を揉みつつ、一口大にフォークで切り分けたガトーショコラを口に運んだ。しっとりとした舌触りと濃厚なチョコレートの風味が口いっぱいに広がって、少しだけ憂鬱とした気分が紛れる。

それから酸味と苦味の効いたブラックコーヒーを飲んで、俺は軽く息をつく。

どういうわけか、一緒に帰る途中に喫茶店で寄り道をして休憩することとなった。当然、心が休まるわけもなく……注文したガトーショコラとコーヒーの美味しさに逃げていたのだ。

対面に座った間宮はレアチーズケーキとレモンティーを注文していて、それを上品かつ美味しそうに食べている。

「どしたの？　そんな物欲しそうな目で見てもあげないよ？」

「別に物欲しそうな目で見ては……いやまあ、味は気になるけど」

「ふーん……じゃあさ、一口交換する？」

平気な顔で提案する間宮。まさか受け入れられるとは考えていなかっただけに驚きつつ、それならと俺はガトーショコラの皿を間宮の方に寄せようとすると、

「どうせなら食べさせあいっこでもしない？」

「普通に自分で食べればいいだろ」

「つまんないじゃん。私は藍坂くんにあーんってして慌てふためく姿が見たいの」

「悪趣味が過ぎる」

理由が想定よりも子どもだった。

優等生の皮はどうしたんだよ……頼むから俺の前でも猫被っていてくれ。

「あ、藍坂くんも私にあーんってしていいよ」

「もはや罰ゲームだろ」

「えー？　非モテ彼女なし絶賛灰色の青春を送っている藍坂くんにしてみれば金銀財宝にも勝る体験じゃない？」

「俺に対しての認知に酷い歪みがあるのはわかった。ガトーショコラはやるから好きにしてくれ……」

俺はもう間宮にとやかく言うのが疲れて、話を投げるようにガトーショコラの皿を差し出した。三分の一ほどしか食べられなかったけど、また今度一人で食べに来たらいい。

しかし、間宮はガトーショコラへ視線を送り、不満げな気配を漂わせながら俺を睨んだ。

「藍坂くん、そんなに私を太らせたいの？」

「そんな意図は全くなかったんだけど。これくらいじゃあ太らないだろ」

「……………」

無言の圧力。

どうしようもない沈黙が落ちて、落ち着いた雰囲気の音楽が場を満たした。

「……わかった。間宮が食べたいくらい食べてくれ。残ったら俺食べるし」

最終的に折れたのは俺だった。カロリーを気にするなら食べられるだけ食べてもらえばいい。

しかし、間宮は呆れたようにため息をついて、

「それじゃあ二人で来てる意味ないでしょ。……はい、口開けて」

間宮は自分のチーズケーキを一口分に切り分け、それを俺の方に差し出した。

……まさか、これを食べろと？

正気を疑うような目で間宮を見れば、さらに口元の近くまでフォークが伸びてくる。間宮が口角を緩め、

「――あーん」

甘やかな声音で口を開けるように促してくる。

柔らかな笑顔でそうするものだから、断るのが悪いように感じてしまう。

間宮の表に出ている顔は優等生としてのもので、隠された真意は裏の顔。俺の反応を見て内心愉悦を浮かべているはず。

だとしても……ここまでやられては食べない選択肢がなかった。それに、間宮は俺が食べるまで続けるだろう。

ごり押しに弱いことを見抜かれているな。放課後の遭遇時に優劣というか上下関係が定まってしまっている感はある。

仕方ない。

もしダメそうなら誠心誠意謝ればいい。それくらいは間宮も察してくれるはず。

腹を括り、精神を落ち着け、一呼吸おいてから――口を開いてチーズケーキを頂いた。

濃厚なヨーグルトにも似た甘さと独特の酸味が混ざり合ったそれは、舌の熱でじんわりと溶けていく。

ゆっくりと味わい、咀嚼して呑み込み、

「……美味しいな」

「そうでしょ？　私との間接キスなんだし」

「俺が気にしないようにしてたこと言うのやめない？」

「気にしてたのに食べたんだー。へー、そうなんだー」

「棒読みやめろ」

これはあくまで間宮が俺にチーズケーキを食べさせるためには自分のフォークでやるしかなかったってだけ。……俺のフォーク借りればよかったのでは？

「まあね。私も気にしないし。……勘違いしてほしくないから言うけど、誰にでもするわけじゃないから」

「絶望的な勘違いを生みそうなこと言ってる自覚あるか？」

「もしかして藍坂くんって私のこと好きなの？」

「これまでの言動を振り返って同じことが言えたら褒めてやる」

　どこまで自信過剰なのかと問い詰めてやれば、間宮は顎のあたりに手を当てながら考えるそぶりを見せながら唸りつつ、

「うーん……、……もしかして藍坂くんって私のこと好きなの？」

「やっぱりお前おかしいよ」

　どういう理由付けをしたらその結論になるんだよ頭ハッピーセットか⁇

　本気で間宮との付き合い方を考えていると、

「それよりさ。私にもちょうだい？」

　間宮が耳に髪をかけ、可愛さを損なわない絶妙な大きさまで口を開き、キスでも待つかのように両目を瞑った。俺も間宮に食べさせないとダメなの？

　……このまま帰ってやろうかな。無理か。

　席を立った瞬間に何されるかわかったものじゃない。

　渋々、ガトーショコラを載せたフォークを間宮の口元まで持っていく。するとぱくりとフォークが呑み込まれ、ゆっくり引き抜くとガトーショコラは綺麗になくなっていた。

　間宮はもぐもぐと咀嚼し、呑み込んで、目元を弓なりに曲げて微笑み、

「甘くて、少し苦くて美味しいね」

　自然な調子で言った。

　視線が釘付けになって、針に刺されたように胸がちくりと痛む。

間宮の誰にでも好意を抱かせるような笑顔が昔の記憶を想起させたからだと理由に当たりをつけて、それをコーヒーの苦味で押し流す。

だというのに、

「……ごめん。そんなに嫌だった？」

間宮は心底からの心配をつぶらな瞳に宿して、申し訳なさそうにまなじりを下げながら聞いてくる。

悟られるほど顔に出ていたのか？

……ああ、本当に嫌だ。

「別に」

素っ気なく返事をすれば、間宮は何も言わなかった。

珍しく距離感を測りかねているような雰囲気に、俺も少し悪いことをしたと後悔してしまう。

でも、これは易々と話したい話題じゃない。

間宮が裏アカ女子なんてことをしている理由と同じ、俺の秘密。きっとそれを察したから間宮は何も言わないのだろう。

「……ほら、さっさと食べて帰ろう。暗くなると危ないし」

「そう、だね」

ぎこちない調子ながら頷いた間宮と残りのケーキを食べてしまう。その間の会話はなく、店のＢＧＭが聞こえるだけだった。

　それぞれ会計を済ませ、俺は間宮を家まで送っていくことにした。この暗さで仮にも女子高生である間宮を一人で帰すのは良くないと思っただけで、深い意味は何一つない。

　間宮は気まずいのか断ろうとしていたものの、六時前の秋空は既に日が暮れ始めていて薄暗い。夕焼けの赤と、夜の訪れを告げるような深い青の境界線がじんわりと交わって、溶けるように広がっていた。

「ありがとね、藍坂くん。心配してくれたの？」

「多少な。何かに巻き込まれたら面倒だし」

「そっか」

　静かな声。

　左隣から流される視線がどうにも居心地悪く感じられて、顔ごと右の車道へと逸らした。

　俺としては間宮とあまり一緒にいたいわけじゃない。間宮に不愉快な感情を抱かせてしまった手前、接し方がわからなくなっていた。

　学校では迂闊な反応をした覚えはなかったけれど、それは間宮ほど距離感を詰めてきた女子がいなかったからだと気づいた。

　まだ、俺の女性不信は治っていない。

「――さっきの理由、聞かない方がいいんだよね」

「そうしてくれると助かる。証拠写真を消してくれるともっと助かる」

「前半分はいいとしても、後ろ半分はダメだよ？　それに、ほら。データは完全に消し去るなんて無理だし。私の写真みたいに」

冷たい風が吹き抜け、逃げるように手を制服のポケットに突っ込み暖を取る。

間宮は薄く笑って空を見上げる。俺も釣られて顔を上げると、早くも一番星が瞬いていた。

十月。

冬まであっという間に過ぎていくんだろうな、なんて考えながら靴音を鳴らす。

「私はさ、こんな感じだから素で話せる友達っていないんだよね」

「学校では口調も雰囲気も違うもんな」

「そうそう。ましてや裏アカ女子なんて相当グレーなことしてるし。私の場合は写真を上げてるだけとはいえ、世間的な評価としてはアレだから」

それはまあ、わからないでもない。俺が持つ裏アカ女子というもののイメージは、大人の男とそういう関係を持ってお金を貰う人……そんな感じだ。他の人も似たようなものだろう。

「本当だからね？　出会いは求めてないし、そういうことはしたことないから」

「……あのなあ、仮にもそういう話題を彼氏でもない男に振るな。どう返せばいいのかわからないだろ」

「童貞くんだもんね」

「失敬な。あとここ外だぞ」

「どうせ誰も聞いてないよ」

　そうだろうかと視線を巡らせると、間宮の言う通り俺たちに注目している人はいなかった。だとしても外でする話ではない。

「藍坂くんが童貞かどうかはともかく、このくらいで経験してる子もいるってよく聞くよね。よくやるなあって感じだけど」

　その言葉には、しみじみとした感傷のようなものが滲(にじ)んでいる気がした。

「だってさ、そういうことをしてもいいと思えるような相手がいるってことでしょ？　中にはそうじゃない相手との人もいるかもしれないけど。どっちにしろ想像できなくて」

「羨ましいのか？」

「私はピュアな乙女だからね。初めてはちゃんと好きな人がいいけど――まあ、私には無理じゃないかな」

「……決まったわけじゃないだろ」

「クラスの女子が恋愛話をしていても全く理解できないし。恋愛には多少興味あるけど、そもそも自分を偽ってる私が誰かを好きになれるはずがない」

「本当の顔を知られたくないから？」

「正解。それも藍坂くんには知られちゃったけど」

てへ、と落ち込んだ雰囲気を吹き飛ばすように、間宮は小さく舌を出しておどけて見せた。

人を好きになれない……か。理由は違うけれど、俺も似たような感覚は持っている。

少なくとも相手を信用できないのに恋愛なんてできるわけがない。そもそも、まともに話せる異性が母親と姉を除外すると間宮と多々良くらいしかいないわけだが。

どちらとも恋愛関係にならないと確信できる面々だ。

「後悔してるのか？」

「してる……って言いたいところだけど、これでよかったかなって。ずっと仮面を被ったままだと息苦しいし、私の裏の顔を見ても藍坂くんはなんだかんだで拒絶しないよね」

間宮は俺の方に振り向いて、頬を緩ませつつ視線を送ってくる。

微(かす)かな信頼の色を感じ取ってしまい、喉(のど)の奥に何かが詰まったような感覚に見舞われるも、それを呑み込んで代わりに言葉を絞り出す。

「……驚きはしたし、今もどうにかして関わりを断ち切りたいけどな」

「私のおっぱいをあんな嬉しそうに触ってたくせに」

「そんなに嬉しそうに触ってはいないだろ。普通にちょっと柔らかいんだな……とか考えただけで」

「また触りたいの？」

「いやまさか」

「そっか。授業中にあんなことしたからムラムラしてるんだ……気づかなくてごめんね？」

「勘違いも甚だしいし公共の場でわざと誤解を生むような言葉を口にするのやめてくれませんかね⁇」

頼むから人の視線とか注目を考えてほしい。今は周りに人いないけどさ。

「……で、家は」

「もう着くよ。というか、目の前に見えてるし」

間宮が前方に控える建物を指さした。

そこには至って普通のマンションがあって――ていうか、俺もそこなんだけど？　えっ、なに？　俺と間宮って同じマンションに住んでたの？　それなのに一度も遭遇したことないって……幸か不幸か、よっぽどタイミングが合わなかったんだな。

「藍坂くんもここでしょ？　迷惑じゃなかったらこれからも一緒に帰らない？」

「その口ぶりからして初めから知ってたのかよ」

「まあね。前に見かけたから」

……もう何を言われても驚かないと思う。俺は間宮に何を握られているんだ？　一方的に色々知られすぎている気がする。

それに、これからも一緒に帰る……か。学校の奴らが知ったら俺はどうなるのか考えるだけでも怖い。

問い詰められたり憎まれ口を叩かれるだけならまだしも、間宮とのあらぬ関係を捏造されたり、過激派による嫌がらせが始まらないとも限らない。

「他に同じ方向で仲いい人とかいないのかよ」

「自分で言うのもなんだけど、基本的にボッチだよ？　お昼を一緒に食べてる人たちが友達じゃないとは言わないけど、無駄にリスクを増やしたくないから。学校の人に何か誘われたときは塾とか習い事があるから――って申し訳なさそうに言うと納得してくれるの」

「よくまあそれで乗り切れたな」

「そのための優等生って仮面だし。で、どう？　一人で帰るよりも楽しいし」

楽しい、か。

俺も友達と呼べる相手は少ない。それこそナツと多々良くらいだ。けれど、帰る方向は全く違う。今頃は二人で楽しく手でも繋ぎながら帰っているのではなかろうか。

探せば同じ方向のクラスメイトはいるだろうけど、自分から進んで誘わない。人付き合い自体があまり得意ではないし、一人なのに不満もなかった。

でも、今日のように寄り道をして雑談しながら帰るのも悪くはない。相手が間宮なのはどうにかしてほしいところだけど。

それもこれも監視的な意味合いがあると考えれば、俺も納得できる。

あんな秘密がある以上、俺と間宮は一蓮托生。運命共同体、とは少し違うかもしれないが、互いに命綱を握りあっている状況に近い。

間宮は俺が秘密を守る限り裏切らない――そういう確信があった。

「なら帰るときは連絡してくれ」

「クラスメイトに怪しまれないように？」

「そういうことだ」

「ふうん。いいよ、それでも。私的には誤解を生んだ方が面白いことになりそうだけど」

「悪魔かよ」

第4話　そんなんだからモテないんだと思うよ

体育の授業中。

男子の種目はバスケ。コートは天井からつるされた網で仕切られている。隣では女子が授業をしていて、いいところを見せようと運動が得意な男子たちが張り切っていた。

俺はコートでやっている試合を観戦しながら、欠伸を噛み殺す。

帰宅部で運動にそこまで意欲的ではない俺も、授業には真面目に取り組んでますよ……というポーズはしておく。

「いかにも『まじめにやってますよ』感出してんじゃん」

隣に並んだナツがからかうように肩を叩いてくる。見るからにやる気十分な雰囲気を漂わせていた。よくやるなあと思う。

疲れるのはあまり好きじゃない。後の授業も眠くなるし、汗をかきたくない。それでも授業だから出席はするし、それなりに動くつもりではあるけれど。

「成績3は維持したい」

「志が低すぎるだろ」

「3は真ん中だぞ？」

「周りに埋もれる秋人には相応の評価だな」

「なんだよその煽り」

「俺は秋人に世界へ羽ばたいてほしいんだよ――なんてな」

へらへらとふざけたことを口にするナツを小突けば、「すまんすまん」と軽い調子の謝罪が返ってきた。本気で怒っているわけではなかったため適当に流して雑談をしていると、ぴーっ、とホイッスルの音が鳴って、前の試合が終わった。

疲れたーと言葉を漏らす生徒と交代して、俺とナツを含めた十人がコートに入る。5v5で、ナツは味方。味方と相手のどちらにもバスケ部の生徒が一人ずついた。

なるべく目立たず、邪魔にならないように動いて流そう。

ホイッスルの音でミニゲームが始まり、ジャンプボールを制したのは相手チーム。

パスを回した先はバスケ部の生徒で、心底楽しそうな表情でドリブルしながらゴールを奪おうと迫ってきた。それをブロックに入るが、キレのある動きに翻弄されて俺を含めた三人がごぼう抜きされてしまう。

だが、その後ろにいたバスケ部の男子が見事に止めて、攻守逆転。素早くゴールまで走っていたナツへ大きなパスが渡り、そのまま綺麗にレイアップでシュートを決めた。

あいつ、運動神経いいんだよな。現役サッカー部だし。

あそこまでとは言わないけど、もう少し動けたらスポーツも楽しめたのかな。

「ナイスシュート、ナツ」

「おう。秋人も構えろよ？　来るぞ」

自コート側に戻ってきたナツと言葉を交わしていると、点を取り返そうと相手チームが攻めてくるのが見えた。

そこからは点の取り合いだった。

シュートを決めて、決められ、見ている外野の声もどんどん盛り上がっていく。

俺は攻撃には積極的に参加せず、防御に徹していた。けれど一人で止められるわけではないので、ブロックで動きを遅延させることに注力する。

そんなことをしていると、そろそろ終わりが見えてくる。点差は一ゴール分でこっちが勝っていた。ボールが渡ったのは相手で、これが最後の攻めになるだろう。

相手は慎重にパスを回しながら少しずつ詰めてくる。だが、ボールが渡ったバスケ部の生徒がドリブルで仕掛けてきた。前にいた二人を一瞬で抜き去り、立ちはだかったナツすらもフェイントを駆使して突破。

俺はそれを正面に据えて、両腕を広げてディフェンスの姿勢を取る。幸い、後ろに控えているのはバスケ部の生徒。

俺が崩せば止めてくれるだろう。

「どけっ！」

荒々しくボールを持った生徒が言って、勢いよく切り込んできた。そのスピードは素人が止められるものではなく――しかし、中途半端に反応してしまう。

身体が動き、そこへバスケ部の生徒が重なって、

「っ、は」

「秋人っ！」

背中に感じた衝撃。

切羽詰まったようなナツの声が聞こえた時には、俺は天井を向いて倒れていた。

ドーン、ドーン、とボールが弾む音が、床を伝わって頭に響いてくる。

「すまんっ、大丈夫かっ⁉」

焦ったような声。薄く開けた目で見たのはドリブルをしていた男子で、申し訳なさそうにしゃがんで俺の方に手を伸ばしていた。彼も押し倒す気はなかったのだろう。

白熱しすぎてつい力が入ってしまったのだと思われる。

「ああ、大丈夫――っ」

なんともないと立ち上がると、左の足首に鈍い痛みが走った。よろめきながらもなんとか耐えて、体重を右側に寄せておく。

転んだ時に捻ってしまったらしい。

「足、怪我したのか」

「ほんと気にしないでくれ。わざとやったんじゃないだろ？」

「それはそうだけど……」

「ならいいって。保健室で湿布貰ってくる」

「秋人、肩貸すか？」

「いらない。そんな重症に見えるか？」

大袈裟なナツを適当にあしらい、先生に許可を取って保健室へと向かった。

だが、保健室はもぬけの殻。先生は留守にしているらしく、それなら湿布を貰っていこうと医療箱を探った。

目当ての湿布はすぐに見つかり、さて貼ろうと丁度いい高さだったベッドに座っていると
――閉じていた保健室の扉がゆっくりと開いて、

「――大丈夫ですか？　怪我をしたと聞きましたが」

保健室へ入ってきたのは、ジャージ姿の間宮だった。

心配そうな表情と声音に嘘の気配は感じられず、だからこそバツが悪い。

「何しに来たんだよ」

「大丈夫かな、と思いまして。隣で見ていましたから。随分と派手に衝突したみたいでしたが、怪我の具合は」

「軽い捻挫だろうな。放っておけば治るだろ」

「……個人的にはちゃんと病院に行って診察してもらいたいですけれどね」

「治らなければ行くって」

　おかんか、と内心突っ込みつつ、俺は再び湿布に手を伸ばす。だが、それを横から間宮が取っていった。

「返してくれ」

「あまり動かすのは良くないので私が貼ってあげます」

「いやいい自分でできる」

「ダメです」

　にっこりとした満面の、ともすれば裏が透けた笑み。間宮に返す気がないのはそれだけで理解した。怪我の様子を見るのを口実に弄りたいのだとわかって、頬が引き攣る。

　要するに、裏の顔だ。

「さ、足を出してください。靴下も脱いで」

「……はいはい」

　観念した俺は言われた通りに捻挫をした方の靴下を脱いで、間宮の前に差し出した。間宮は足首を注意深く確認して、うんと小さく頷く。

「あんまり腫れてはいなさそうですね。痛みの方は？」

「刺激を加えなければ特には」

「そうですか。であれば、しばらく安静にしていてください」

「別にこのくらい――」

「ダメです」

「はい」

うん……その笑顔、ちょっと怖い。表の優しげな口調なのに、そこに含まれる圧は尋常ではなかった。

間宮は湿布の透明なシートをぺりぺりとはがし、

「じゃあ、貼りますよ」

それに頷くと、足首に冷たい感覚が広がった。しわにならないよう丁寧に貼る間宮の目に遊びの色は一切ない。ふざけるつもりはないようだ。

さらさらとした長い髪。ふっくらとした頬の白と、桜色の唇が目に入る。さらに、間宮がしゃがんでいることで体操着の首元が緩くなり、鎖骨のあたりまで見えてしまっていた。

慌てて視線を逸らして動揺を悟られないように呼吸を落ち着けようとするものの、

「……あ、今見てたでしょ」

目敏く、間宮は俺の視線に気づいてしまった。

顔を上げて見せたのは俺がよく知る、薄い笑みを浮かべた裏の顔。

「何度も言うけど、藍坂くんに怒るつもりはないからね。もう何度も見てるじゃん」

「頼むから人並みの羞恥心を持ってくれ」

「私を何だと思ってるの？」

「脱ぎ癖のある痴女」

「酷いねほんと。じゃあ、その痴女のブラとパンツを見て、おっぱい触って興奮してる藍坂くんは変態さん？」

「全部間宮が勝手に見せて揉ませたんだろ」

「そうとも言うね」

納得するんじゃない。

「体育の授業中も男子に見られてるし……気づいてないわけないのに」

「気づかれてないと思ってるんじゃないか？」

「他人事みたいに言うね。まあ、藍坂くんが女子の方を気にしてるのは見たことないかな」

常識的に人をじろじろと見るのは失礼だし、異性にそこまでの興味を抱けない。他の男子がよく見ているのは目にするけど。逆の立場になったら絶対嫌だ。

話をしている間に間宮は湿布を貼り終わる。最後に湿布の上から足首を摩って、

「よし、これで終わり」

「……一応、ありがとな」

「どういたしまして。じゃあ、少し休んでてね」

「いや、やっぱり俺も帰る——」

軽い怪我で授業を休んでいられないと立ち上がり——足首にぴりっとした痛みが走って、膝（ひざ）が折れる。

俺はなにか身体を支えるものを、と手を伸ばした先にいたのは間宮。手を引っ込めるのは間に合わず、柔らかいものを手のひら全体で握りながら押し倒してしまう。

「ひゃっ」

短い悲鳴。

気づけば、俺と間宮の身体は正面にあったもう一つのベッドで重なっていた。うひ、と変な声が漏れ出て、手に伝わってくる柔らかくも弾力のある感触に気づく。

その正体はジャージ越しに触れている……もとい、押し付けていると言っても過言ではないほど指が沈んでいる間宮の胸。

間宮は目を固く瞑（つむ）っていて、長い髪は乱れてベッドに広がっている。俺の右膝は間宮の脚の間に挟まっているし、離れようにも変な体勢になっていてすぐには立てそうにない。

「すまんっ、すぐ離れるから」

焦りながらそれだけ言い、先に胸から手を退（ど）けて間宮の顔の隣に手をつくと、ゆっくりと瞑っていた瞼（まぶた）を開けた。悪戯（いたずら）っぽい光を宿したそれに視線が吸い込まれ——俺は、間宮にベッドへと引きずり込まれる。

間宮は仕切りのカーテンを素早く閉め、掛け布団を被せられた。

「なっ、間宮」

「しっ、誰か来ます」

俺の抗議を一言で制し、口を手で塞がれた。暗がりの中で視線が交わる。

首の後ろに回った間宮の腕。どこか熱っぽい吐息が首筋にかかって、自然と背筋を震えが這い上がる。しかも胸は狭い布団に隠れるため押し付けられ、柔らかい二つの感触が否応なく精神をかき乱す。

ジャージの首元から覗く白い肌色に耐えかねて、俺は逃げるように目を瞑る。

「あれぇ？　先生いないねー」

「そうだね。絆創膏だけ貰っていこうか」

「薬箱どこだろー」

二人の女子の声がして呼吸が詰まるも、内心それどころではない。

掛け布団の中にほんのりと漂う甘い匂い。間宮の体温がじわりと伝わり、はあ、はあと耳元で聞こえる吐息。身体に絡みついた柔らかな間宮の感触が目を瞑っているからか鮮明に感じられて、頭が茹だって何も考えられなくなる。

「……動いちゃ、ダメだよ？」

耳元で囁かれた声には、緊張と隠しきれない焦りが滲んでいた。薄目を開いてみれば、目と鼻の先に間宮の顔がある。

だが、視線は落ち着きなく右往左往していて、様子がおかしい。間宮としても、この状況は想定外だったのか。間宮も同じような気持ちなのだとわかって、少しだけ緊張が和らいでいく。

それも束の間、間宮は首元に顔を埋めてくる。

擦り合わせた頬の滑やかさと、さらさらとした髪の感覚がこそばゆく、その存在を強く意識させられた。

「あれぇ……どこかなぁ」

「あ、これじゃない？」

「そうかも！」

どうやら医療箱を見つけたようで、ガサゴソと中身を漁るような音が聞こえる。

はやく絆創膏を探して帰ってくれ――と心の中で強く願っている間も、間宮は離れようとしない。もはや抱き着かれているような体勢になっていて、頭の奥がくらくらしてくる。

全身が熱く、背中を汗がじっとりと濡らし、舌の根が乾いていく。

「少し離れてくれ……その、色々当たってるから」

「っ」

耳元で囁くと、間宮は両目をぱちりと瞬かせた。

その反応は間宮らしからぬ焦りが前面に出たもので、ちょっとだけ妙な気分を感じてしまう。気の緩みを狙ったかのようにベッドの金具が軋み、小さくない音を保健室に響かせた。

気づかれただろうか。

背中がひりついて、心拍数が急激に跳ね上がる。

「なに？　今の音」

「ベッドの方からだよね。誰か寝てたのを起こしちゃったかな」

「もしかしたら誰かがさぼってたりして」

「あり得るかも」

あはは、と笑う二人の声。だが、流石にカーテンを開けるようなことはしなかった。

もし二人が俺たちの存在に気づき、仕切りのカーテンを開け、掛け布団を引き剝がしたなら――平穏な学校生活は一瞬にして崩れ去るだろう。

なにせ授業中にジャージ姿の女子と一つのベッドで抱き合っている状態だ。勘違いでは済まないし、事実ではあるために言い逃れはできない。

身体が強張り、関節が軋んだように動かなかった。

「これでよし、と。じゃあ戻ろっか」

「うん」

少しして処置が済んだらしい二人は保健室を出て、扉が閉まって再び平和が訪れる。

「行った、かな」

　警戒を残しながらも間宮が呟いた。掛け布団を被ったまま耳を澄ませる。声も、足音も聞こえない。戻ってくる様子もなさそうだ。

「多分」

「ふぅ……危なかったね」

「現在進行形で結構危ないのは続いているんだが？　早く退いてくれ」

「えー？　せっかくこんなに可愛くておっぱい大きい女の子に抱き着かれてるのにそんなこと言っていいの？」

「……普通に辛いからやめろ」

「しょうがないなあ」

　はあ、と軽いため息と共に、首から間宮の腕が離れていく。だが、身体に感じる重さは変わらない。間宮は俺の身体に体重をかけるようにしてもたれかかっていた。

　とろんとした、熱っぽさを感じる瞳。暗いせいでわかりにくいが、顔も赤い気がする。触れる肌も熱を帯びていた。

　……もしかして、これって。

「気のせいだったら悪いんだけど、熱あるのか？」

「……んえ？　ああ、そういえばそうだった、かも？」

間宮は声も表情もふにゃふにゃとしていた。

弓なりに曲げられた目元、長い睫毛がゆっくりと羽ばたく。浅い吐息が首筋にかかって落ち着かない。

とはいえ、本当に熱があるのなら放置もできそうにない。

「布団退けるぞ」

「ええー……あったかいのに」

ぎゅっと俺を抱きしめる力が強くなって、女の子としての柔らかさや甘ったるい匂いを感じてしまう。しかし理性を総動員して掛け布団を払いのけ、籠った熱が消えていく。

間宮の腕を痛めないように引き剝がし、ベッドから起きて離れる。

すると、間宮は頬を膨らませつつ俺のことを睨んでいた。

「女の子に乱暴しちゃダメなんだよ？」

「乱暴した覚えはない。というか正気に戻ってくれ。絶対後悔するぞ」

「後悔……？　あー、でもあったかい方がいいなあ」

「じゃあ布団被ってろ。体温計探してくるから」

間宮にベッドで寝ているように言えば、むーっと唸りながらも仰向けに寝転んだ。そこに掛け布団をかけ、俺は体温計を探し出す。

医療箱の中にあったのでそれを間宮に預け、熱を測ってもらう。カーテンで仕切った外側で

待ち、計測終了の音がしてから一声かけて仕切りの中に入り、

「何度だった」

「うーんとね、こんな感じ」

「37度4分……微熱だな。いつからだ」

「朝からかなあ。授業中におかしい感じがしたから来たの」

甘えるような声音に喉を詰まらせつつも、様子を見るに風邪だろうと判断する。というか朝からって……大人しく休む選択肢はなかったのだろうか。

それはまあいいとしても、微熱ならこれから上がりそうだ。

「とりあえず寝てろ。担任と保健の先生には俺が言っておくから」

「……藍坂くん、行っちゃうの？」

「そりゃあまあ授業あるし、先生にも伝えてこないとだし。第一、俺がいたら怪しまれるし迷惑だろ」

俺は体育の授業を抜けてここにいる。間宮も恐らく同じ。

その二人が次の授業にも姿を見せなければ――変な勘繰りをされてもおかしくない。それは俺も困るし、間宮も本意ではないはずだ。

「そういうことだから大人しく寝ててくれ」

「……じゃあ、今日は一緒に帰ってくれる？」

「病人を送っていく体だな。他の人がいなければそれでもいいよ。今の間宮を一人で帰したら危ない気がするし」

正直、このふわふわした感じの間宮を一人で帰宅させるのは、そこはかとない怖さがある。あるべき警戒心が薄れていて、正常な思考力を残しているようには見えない。知らない人にもついていきそうだ。

……それは流石に失礼か。

担任が一人で帰す判断をするのかがわからないけど、同じマンションなのだとわかっているから監視的な意味合いで送っていくのはやぶさかではない。

だから、その縋るような目をやめてほしい。

間宮にそんな気がないとしても、俺はいらない心配と警戒をしてしまう。もうこれは癖みたいなもので、そう簡単には直らない。

俺は後ろ髪を引かれるような気分で、仕切りを閉めて保健室を後にした。

それから担任と保健の先生に間宮が熱を出して寝ていることを伝える。俺は怪我の度合いも軽かったため授業に戻ることとなった。

隣がいないのはほんの少し寂しさのようなものを感じたものの、元からこんなものだったと納得して授業に集中する。

昼。教室に来た担任が間宮の荷物を女子生徒に纏めるように頼んでいた。

早退するのかと思われたが、担任は俺に「家が近いなら放課後一緒に帰って送ってほしい」と頼まれた。クラスメイトから羨ましいやら妬ましいやらの視線を感じて胃が痛くなる。

形はどうあれ間宮と二人で帰れるのだから、それを羨む男子諸君は多い。

あえてその視線や気配を黙殺して放課後まで過ごし、保健室に間宮を迎えに行く。ベッドのところにある仕切りを開ければ、額に冷却シートを貼った状態で横向きに眠っていた。

けれど、誰かが来たことに気づいたのか、寝ていたはずの間宮はゆっくりと瞼を上げていく。ぼんやりとした眼が俺を映し、安心したように頰を緩めて、

「……あ、藍坂くんだ」

にへら、と緩み切った笑顔を見せてくる。

「起こしたか」

「ううん。もう放課後？」

「迎えに来たけど帰れそうか？」

「多分、大丈夫。寝ていたら少し良くなったから」

そうは言うものの、間宮の顔はほんのりと赤かった。目は僅かに潤んでいるし、熱に浮かされたような雰囲気が拭えない。

間宮は上半身を起こし、ふうと息をつく。寝やすいようにか、間宮はジャージのままだった。

「制服ある?」

「ん? えっと……これだな」

「ありがとね。帰るなら着替えないと」

「それなら外に出てるか」

「いてもいいよ? 着替えてる間、話し相手になってよ」

それは……いや、まあいいか。どうせ仕切りはあるし、俺もそっちを見るつもりはないし。

仕切りを閉めて、窓から外の景色をぼんやりと眺める。ちょうどサッカー部の練習風景が見えて、その中にボールを追うナツの姿もあった。

背にしたベッドの方から衣擦(きぬず)れの音が聞こえてくる。本当に着替えているのか……と考えてしまい、慌てて意識を逸らした。

「……私、ちょっと気が抜けてたかも」

「なにが」

「熱を出して、藍坂くんに付き添われながら帰るなんてなあ……ってさ」

「そういえば、間宮が体調崩すのって珍しいよな」

「自己管理はきっちりしてるつもりだったんだよ? なんでだろうね。藍坂くんと話すようになったからかな」

「俺が熱の元凶みたいに言うな」

「ごめんごめん」

控えめに笑いながら謝られて、つい眉間(みけん)にしわが寄る。

間宮は学校では優等生――隙(すき)のない自分だけを見せていたし、実際俺の目にもそのように映っていた。熱を出したくらいでイメージが崩れるとは思えないが、本人的には気にしていたりするのかもしれない。

熱なんて誰でも出る。なんなら仮病使ってるやつも普通にいるし。

それと比べたら間宮のなんと真面目なことか。

「でもさ、やっぱり優しいよ？　藍坂くん」

「……そういうのじゃない」

「自然な優しさってことかな。滲み出てるんだよね。だから、疲れた私は甘えちゃう」

静かで、柔らかさを帯びた声。衣擦れの音が止(や)んで、仕切りのカーテンが開いた。制服に着替えた間宮の姿は見慣れた優等生然としたもの。

「ねえ、写真撮ろうよ」

「ここで脱ぐのは流石にやめろ」

「そうじゃなくて、普通にツーショット撮らない？」

「……それこそ意味がわからない。俺とツーショット撮って意味あるか」

「今日という日を永遠に思い出として残すため？」

「理由から意味不明だった」

全くもってそういう思考に至る道筋がわからない。

「まあ、撮りたいなら勝手にしてくれ」

実害はないのだからやらせておけばいいかと曖昧(あいまい)に返事をすれば、間宮は目に見えて頬を緩ませながら俺の隣に立った。肩が触れ合い、流れた髪が首筋をくすぐる。

左手でスマホを掲げ、その画面に入るように距離が縮まった。画面に映る自分の顔は、やっぱり緊張というか強張りのようなものがある。

対する間宮は自然体。

「はい、チーズ」

しかし、そんなのはお構いなしと間宮はシャッターを切った。パシャリ、と音がして、その一瞬が画面に切り取られる。

間宮が離れ、撮った写真を確かめて「やっぱり藍坂くんの表情硬いよー?」と邪気のない声が聞こえてくる。無茶(むちゃ)を言うな、と言ってやりたいものの、相手は熱を出している病人。

「満足したなら帰るぞ」

「はーい。もし倒れたら支えてね?」

「救急車くらいは呼んでやるよ」

「冷たいなあ」

「熱は下がったんだよな」

「薬を貰って眠ってたからね」

「ならよかった。家に人はいるのか？」

「私、今は一人暮らしだよ。……もしかして病人を襲う気？」

「家で体調悪くなったらどうするのかって話だよ」


帰り道。

ゆったりとした足取りで帰路につく。間宮は保健室で貰ったマスクをつけていたが、想像よりも元気そうな印象を受けた。

「そういえば、一人暮らしってことは夕飯も自分で作るんだよな」

「そうですね」

「その体調で作れるのか？」

「作るしかないでしょう？　一人なのは慣れていますし、何度かしていることですから」

返ってくるのはいつもの優等生モード寄りの丁寧口調。外だから誰かに聞かれてもいいように心掛けているのだろう。

それにしても、一人暮らしで熱を出すのは辛そうだ。買い物にも満足に行けないだろうし。

「心配してくれているんですか？」

「悪いかよ。一応知らない仲じゃないわけだし」

友達と呼ぶには歪で、知り合いという表現も微妙に正しくないように感じられる関係だからこそ、明言はしない。脅されている立場上、友達とは口が裂けても言いたくなかった。

だが、それに何かを感じたのか、間宮は薄く笑みを浮かべる。「わかっていますよ」とでも言いたげな視線が、どうにも居心地悪い。

「……ああ、ごめんなさい。ちょっと新鮮な気分になったといいますか」

「心配されるような経験が少なかったって話か？」

「端的に言えば。なにせ学校で関わる方々には自分の弱みなんて見せられません。油断や隙を晒せば死が待っています」

「大袈裟な」

「女の子の世界というのはそういうものです。まして、それを男子に知られようものなら、俺が助けてあげるよ——なんて、言い寄られること間違いありません。実際そうでしたから」

心底迷惑そうに間宮は言う。

学校では勉学優秀、楚々とした立ち振る舞いで教師や先生からの信頼も厚い間宮は、相応の評価を受けて人が集まってくる。その中には単純に尊敬の眼差しを向けてくる人や友人として付き合いたい人もいるだろうが、邪な考えを抱いている人がいてもおかしくない。

ただ——

「俺が言い寄るとは思わなかったのかよ」

「そのつもりも、度胸があるようにも見えませんので」

「遠回しにヘタレ扱いしたなこいつ」

「違うのですか？」

「まあそんなつもりは毛ほどもなかったけど」

「態度でわかりますし……あんなことがあっても手を出せないような人ですから」

あんなこと、という言葉が示すものを頭に浮かべてしまい、そのときの感覚を鮮明に思い出してしまう。

柔らかな胸、熱を帯びた吐息、絹糸のような触り心地の髪。汗と混ざった独特の甘い匂いと、ほんのり赤くなった間宮の表情。

咄嗟に隠れられる方法がアレくらいしかなかったと納得できなくもないけど……忘れるのは難しい。

「一つ言っておくと、あれは熱があったからではありませんよ。ああするのが最善でした。私だけなら言い逃れもできますし」

「最後だけは聞きたくなかった」

「私がずるい人だと知っているのに、ですか」

「ずるいってか、あくどいっていうか」

「……その言い方は酷いです」

抗議をするような視線は黙殺。間違っても流れるように脅迫してくるような女子高生のことをずるいで済ませられるわけがない。

あくどいってのもちょっと違う気はするけど。

「意外と子どもっぽいよな。そういう表情、学校では見せないから知らなかったけど」

「……っ、私が子どもっぽい、ですか」

「気を悪くしたなら謝るよ」

「……他の誰にも言わないのなら構いません」

つんとした態度。

少し恥ずかしいのか、顔は俺から逸らしている。

「私、皆さんの頭の中にいるような立派な人間じゃないですし。完璧でもなければ、間違えることだってあります。今日のように体調を崩すことも」

「疲れそうだな、そういうの」

「ええ、疲れます。身体はともかく、心が疲れます。常に気を張っているのは面倒で、いっそのこと本当の自分でいられたらいいのにな、と思うこともあります」

「それでいいんじゃないのか？　もし間宮が見限られるのなら、それは勝手に期待していた奴が悪い」

注目を集めてしまう者としての悩みなのだろう。

確かに俺は間宮の素顔を知った時、多少なりとも動揺した。けれど、それは俺が目にしていた間宮という人間に関する情報が増えただけで、根本的な部分は何一つ変わっていない。

そしてなにより、間宮の根が素直でいいやつなのは知っている。でなければ今頃、俺の学校生活は終わっていたはずだ。

利害が一致したとはいえ、それは間宮が持ち合わせている要素の一つ。

嘘でも偽りでもない、現実のもの。

間宮はため息交じりに薄く笑って、

「……今更なんですよね、本当に。勉強は自分のため。素行がいいのも教師からの信頼を得るため。いつも微笑みを絶やさないようにしているのも、無用ないさかいを生まないようにと身につけて剝がれなくなった処世術のようなものですから」

「大変なんだな、優等生様も」

「そういうことです。なので、ちょっとくらい気が抜ける相手が欲しいんですよ」

「何がお望みだよ」

「夕ご飯、一緒にどうですか？　私の家で」

何気ない調子の言葉に足が止まる。

「深い意味はありませんよ。この体調で作るのは面倒ですから」

「俺に作れってことかよ。そこまで上手くはないぞ」

「いいですよ。文句は言いません。それに、風邪を引くと無性に寂しく感じるじゃないですか。誰かといたい気分なんです」

「初めに襲われるとか言ってたのは誰だよ」

「その気になったんですか？」

「……飯作って食べたら帰るからな」

「決まりですね」

そのときの間宮は笑顔だったのに、どこか寂しそうに映ったのは気のせいだろうか。


「ここです。どうぞ」

「……お邪魔します」

間宮の部屋に通された俺は緊張しながら扉を潜った。

玄関には間宮の靴が二足あるくらいで、綺麗に片付いている。芳香剤の微かな花の香りが鼻孔をくすぐった。

間取りは俺の部屋と同じにも拘わらず、知らない場所のように感じた。

「んで、俺は夕飯を作ればいいのか？」

「任せていい？　正直、薬が切れてきたからか辛くて。冷蔵庫の中身は好きに使っていいから」

「りょーかい」

「ごめんね、こんなこと頼んじゃって」

「ほんとだよ」

「とは言いつつも作ってくれるあたり、やっぱり優しいんだよね。先に着替えてくる」

間宮は奥の部屋に消えていく。

一人残された俺は複雑な気分になりつつもキッチンへ。冷蔵庫を開けてみれば、それなりに食材はあった。野菜もひき肉もあるし、卵もある。

間宮の体調を考えると消化が良く食べやすいものにしたいな。中身からすると……雑炊とかになるか？　野菜とひき肉を煮込んで、塩コショウなんかで味を調えれば最低限食べられるレベルにはなるはずだ。

米を炊くのは面倒だけど……冷凍のご飯あるな。これをレンチンして使えばいいか。

「ぱぱっと作ろう」

冷凍されていたご飯を電子レンジに放り込んで解凍。その間に具材を用意する。

にんじん、タマネギ、キャベツを一口大に刻んで、フライパンで炒める。程よく火が通ったところで、ひき肉も投入。再度炒めている間に卵を溶いておく。

「わあ……本当に料理してる」

驚いたような声は、キッチンへ様子を見に来た間宮から。

宣言通り、間宮は制服から楽そうなスウェット姿に変わっている。間宮でもスウェット着るんだな……なんて変なところに感心しつつ、

「やれって言ったのは間宮だろ」

「そうなんだけどさ。料理できたんだなあ、って」

「少なからずできなきゃ引き受けない」

「ありがとね。それは……雑炊かな」

「よくわかるな。食べられるか?」

「うん、大丈夫。ここで見てていい?」

「いいけど」

誰かに見られながら料理するのは緊張するな。

家ではそれなりの頻度でするものの、家族以外に食べさせる機会なんてない。相手が間宮となれば尚更だ。

失敗するのは嫌なので、間宮の存在を意識的に排して調理に意識を傾ける。

別の鍋を用意し、水と出汁を混ぜたものを煮ておく。解凍を終えたご飯を電子レンジから取り出し、タマネギが飴色になったところで鍋の方に炒めた具材とご飯を入れ、溶き卵を流す。

塩コショウで味を調え、味見をしつつ丁度いい具合になったところで火を止める。

見た目はそこまで良くないものの、文句を言われる筋合いはない。

適当な器に盛りつけて、刻んだネギを散らして完成だ。

「単品で悪いな」

「いいよいいよ。私もそんなに食べられる気はしてなかったから」

「それは俺の料理の腕が信用できないって話か？」

「単純に私の体調の問題。わかって聞いてるでしょ。美味しそうだし、作ってもらってるのに文句は言わないよ」

にへら、と緩い笑みを浮かべる間宮。

子どもっぽさを感じさせるそれに、またしても胸が締め付けられるような感覚を訴え――途端に冷静さを取り戻す。

これは間宮が熱を出して困っていたから仕方なく作っただけ。他意はないし、間宮もそれはわかっているはず。

リビングのテーブルに運んで対面に座り、「いただきます」と手を合わせた間宮に俺も続いて夕食にありついた。

「熱いから火傷するなよ」

「口を出すくらいなら藍坂くんが冷ましてくれてもいいんじゃない？」

「自分でやれ」

「仕方ないなあ」

どこに仕方ないの要素があったよ。

間宮は雑炊をスプーンで掬って、ちゃんと冷ましてから口に運び、

「……美味しい」

視線を雑炊へと落としながら呟いた。

食べられる程度の出来栄えだとは自覚していたものの、素直に褒められると恥ずかしい。

「これくらい間宮も作れるだろ？」

「料理は得意な方だけど……それとこれとは話が別。誰かが私のために作ってくれたっていう気持ちが籠ってるから」

「精神論か？　料理は気持ちよりもレシピ通り作る方がどう考えても大事だろ」

「そんなんだからモテないんだと思うよ、藍坂くん」

「余計なお世話だ」

俺はモテたくて料理をしてるんじゃない。雑炊を腹に収め、塩気が多かったかなと考えつつ、間宮よりも先に食べ終わる。

「食べるの速いねー」

「病人の、それも女の子より遅いわけないだろ」

「まあまあ。それなら私が食べ終わるまでお話ししようよ」

「……いいけど」

　どうせ片付けまでして帰るつもりだった。間宮が食べ終わらないことには俺も帰れない。先に自分の分の食器を流しで水につけておいてテーブルに戻る。

「藍坂くんって兄妹いる？」

「姉が一人いるな」

「へえ……いいね」

「もう働いてるけど。そんなにいいものじゃないぞ」

「そうかな。私は一人っ子だから、そういうのちょっと憧れるかも」

　間宮は雑炊を食べ進めつつ、憧憬の念を感じさせる目を向けてくる。

「両親は結構前に離婚してさ。お父さんの方に引き取られたんだけど、大抵は出張で家を空けてるの。だから帰って誰かがいるのは少し羨ましいかも」

「……そんなこと俺に話してよかったのかよ」

「いいんじゃない？」

　軽い調子で間宮が言い、雑炊をまた口へ運んで咀嚼する。

　そういう理由で一人暮らしと言っていたのか。本人が気にしていないことへとやかく首を突っ込むのは良くないと話題を変えようとするも、残念ながら浮かばない。

「藍坂くんがいてくれて、すごく心強かったというか……うん、一人だったら寂しくて死んじゃってたかも」

「ウサギじゃないんだから大丈夫だろ」

「女の子も似たようなものなの。特に私みたいなタイプは、ね」

自嘲するように笑んで、最後の一口を頬張った。

それから満足げに目元を緩め、「ごちそうさまでした」と手を合わせる。

「よし、食べたな。そしたら薬飲んで寝ろよ」

「わかってる。今日はありがとね。料理もそうだけど、それ以上に一緒にいてくれてありがと」

「……大したことはしてないって」

なんとなく顔を合わせるのが気まずくて、俺は間宮の食器をキッチンまで運び、手早く洗い物を済ませて帰宅の用意を整える。

「今度はもう少しお話ししたいな。今日のお礼も兼ねて」

「バレた時に学校で俺の居場所がなくなるからやめてくれ」

「そんな大袈裟……でもないいんだよね。はあ……うん、じゃあ、これは貸し一つってことで」

「貸しとかどうでもいいんだけど。それならあの写真の処分を――」

「はいはいじゃあねまた明日っ！」

俺は間宮に押し切られ、部屋の外に押し出されて扉が閉まる。

ひゅう、と抜けた夜風は冷たく、冬が近いことを感じさせた。

「……また明日、ね」

いつの間にか間宮が日常に浸透している違和感を呑み込んで自分の家へと帰った。

◆

「遅かったじゃない、アキ」

「アカ姉……どんだけ酒飲んでるのさ」

「仕方ないでしょ〜？　あたしの可愛い弟が「帰るの遅くなる」なんて言うから、なにがあったのかと気が気でなくて酒しか喉を通らないのよ」

家に帰った俺を出迎えたのは、すっかり泥酔した姉……紅葉だった。その理由が俺だと言われても困るし、次なるビール缶を開けようとしていたので頭を抱えてしまう。

いい加減弟離れしてくれないかな。

面倒だからしてくれ。

「んで、飯もまだ食ってない、と」

「あたし料理できないし」

「作る努力をしてくれ」

「前に夜食を作ってみたら味がおかしすぎて笑っちゃったからダメ」

「どうせレシピ通りに作ってないだけだろ」

アカ姉は答えず、ビール缶を傾ける。どうやら図星らしい。この様子では母さんも夕飯を作っていかなかったのだろう。父さんは微妙に帰りが遅いので必然的に俺が作ることになる。元々俺が作るからと待っていたのだろうけど、間宮のこともあって遅くなってしまった。

「今から作るけど何食いたい？」

「肉！　あと酒に合うツマミもあればさらにいい！」

「注文が多いな。ちょっと待っててくれ」

それだけ聞いて、俺は先に着替えてからキッチンへ。冷蔵庫に入っている材料を一度眺め、頭の中で何を作ろうか組み立ててから調理に取り掛かる。

「ねえねえ。今日どこ行ってたの？」

キッチンにアルコールの臭いを漂わせるアカ姉が入ってくる。

これは酔っ払い特有のダル絡み……本当にやめてほしい。

「どこでもいいだろ」

適当にあしらおうとしたが、アカ姉は俺の近くに顔を寄せて鼻をスンスンと鳴らして、

「この匂いは女でしょ。彼女？」

全部をわかったような顔で聞いてきた。

俺は頬を引き攣らせる。着替えたのに匂いで判断とかどうなってるんだ。

「犬かよ」

「女ってところは否定しないんだ。へえ……」

「深読みをするな。俺が彼女なんて作れないのはわかってるくせに」

「もしかしたらもしかするじゃん」

「夕飯作らなくてもいいんだぞ」

「どうかそれだけは――」

夕飯を脅迫材料に挙げれば、アカ姉は祈るように手を合わせて頭を下げた。現金な姉だな、と思いながらも、ちくりとした胸の痛みを意識的に遠ざける。

俺が間宮と関わっているのは仕方ない理由があってのことで、今日は体調が悪化して倒れたりされたら事情を知っている身として寝覚めが悪いというだけ。

決して、間宮に対してアカ姉が考えているような感情があっての行動ではない。

そんなことを考えながら調理の手を進めて、作った数品をアカ姉と二人で囲むのだった。

◆

「……行っちゃったなあ」

私は閉じた扉を見つめながら、気づけば言葉を漏らしていた。胸に行き場のない寂しさのようなものがぐるぐると渦巻いているのがわかって、それがどうにも嫌になる。

私と藍坂くんは秘密で繋がった不思議な縁。だから、ここまで頼んだのはやりすぎと思ったけど、断られないのは意外だった。

「気がある、ってわけじゃないのにさ」

リビングに戻りつつ、私は藍坂くんのことを考える。

藍坂くんは私に対して敵対しない、というスタンスを取っているように見える。

その理由は写真だろう。私の手にアレがある以上、藍坂くんには常にリスクがある。公開する気がなくとも、秘密を守らせるカードとして機能する。

「だからって、こんなことされたら……そりゃあ私だって女の子だもん。少しくらい気になっちゃうし、気にしてほしいよ」

どうして自分がこんなことで悩んでいるんだろう。熱を出して不安定になっているからかな。

恋じゃない。自分の承認欲求が抑えられていないだけ。

私に興味なさげなのに、女の子の部分には初心な反応をしてくれる藍坂くんに、多少なり悶々としたものを抱えているのは認める。

それに……今日のこれは不意打ち。

学校の保健室で抱き着いた――結果的にそうなったのも熱のせい。家まで誘ったのも熱のせい。こんな気持ちを抱えてしまっているのも熱のせいだ。

「一人じゃなかったの久しぶりだし。ましてやそれが同級生の男の子なんて考えてもいなかったよ」

二人きりの部屋にいても一切顔色を変えなかった藍坂くんの顔が浮かんで、少しだけ悔しさのようなものが芽生える。

これでも私、結構ドキドキしてたのに。

でも、それ以上に誰かと一緒にいられる嬉しさのようなものがあって、つい恋しく感じてしまったのは仕方ない。

「寂しがり屋の女の子は一人だと死んじゃうんだよ。……なんて、ね」

こういう日はお風呂で温まってぐっすり寝るに限る。明日からまた優等生として過ごすためにも、風邪は今日で治さないと。

……まあ、これからは頼ってもいい人がいるってわかったから、少しは気が楽かもしれない。

偶然得た関係で藍坂くんには悪いけど、役得もあるしイーブンだよね。今日なんて藍坂くんに押し倒されたし。

ちょっとだけ、ほんのちょっとドキドキしたのは私だけの秘密。

それも保健室に来てくれた二人組のお陰でうやむやになったし、隠れるために抱き着いたので上書きされているはず。

「……抱き心地、本当によかったんだけどね」

あのまま藍坂くんを枕にして寝られたらなあ、なんて考えてしまったのは、熱のせいにしておきたい。

しておかないと、私が困る。

「あーやめやめ。お風呂入って早めに寝よ。着替えの写真とか送ったらどんな反応返ってくるのかな」

既読無視か「早く服着ろ」って感じの素っ気ない返事な気がする。それはそれで面白そうだけど、そんな気分じゃない。満たされている気がしたから、このまま眠って朝を迎えたい。

でも、怖さはある。

毒のようにじわじわと染みてくるその感覚に甘えてしまいそうで。

「……やっぱり弱いなあ、私」

自嘲的な笑いが、静まった部屋に響いて消えた。

第5話　誰かがいてくれるって思ったら、少しだけ

「ねえねえ、今度の週末お出かけしない？」

放課後の教室で恒例となった写真撮影をしながら、思い出したように間宮が言った。

ブラウスを肩まではだけさせ、薄桃色の紐が見えていることから意識を遠ざけつつ、俺は間宮のスマホでシャッターを切る。

肩の健康的な白さと脱ぎ掛けという妙にエロチックな雰囲気を演出するのは良いが、この時期にそれは寒いんじゃないかという心配の方が先行してしまう。

それにしてもお出かけ、ねえ。

「断るって言ったら？」

「バラす」

「知ってた」

結局のところ、俺に選択権など存在しないわけで。

「でもそれ大丈夫か？　他の奴に見られたらどうするんだよ」

「うーん……遠くに行くのは面倒だもんね。私だって藍坂くんと休日も一緒にいるのを見られたいわけじゃないし。あ、嫌とかじゃなく、迷惑かけるのが嫌ってだけで」

「フォロー下手（へた）か」

「本当なんだけどなあ。なら、変装でもする？　眼鏡（めがね）と帽子でも被（かぶ）っておけば、それなりにわからなさそうだけど」

　なんかおかしな方向に話が進み始めたな。

　変装がどれほどの効力を及（およ）ぼすのかわからないし、そもそも二人で外出するのをやめるべきだと思うのだが。

「てか、なんで俺？」

「だって私、休日に誘えるような友達いないし」

「じゃあ俺は逆説的に友達ではないと」

「不満？」

「いや、全然。脅されている身だからな」

「悪いようにはしてないでしょ？　そろそろ冬物のコートとか見に行きたかったから。男の子の意見も聞きたいし」

　そうは言うものの、本質的には荷物持ちをしろってことだよな。しかも服の買い物……長くなりそうだ。

　アカ姉に連れまわされていたせいで、女性の買い物が長く険しいことだけは身に染（し）みている。

他の男子なら大歓迎なシチュエーションなのかもしれないけれど、俺としては是非とも遠慮したい。俺に選択肢ないけど。

「……わかった。土曜？　日曜？」

「土曜日かな。日曜日よりは空いてそう」

そんなこんなで簡単な予定が決まって――廊下の方で、何か物音が聞こえた。びくり、と肩が跳ねる。間宮も驚いているが声は漏らさない。二人で見合って、俺が廊下を確認しに行く。

扉を開け、左右を確認。視認できたのは吹奏楽部と思しき楽器を持った女子生徒が、廊下に落とした楽譜を拾っている姿だけ。

何かを隠すような雰囲気も見受けられないし、彼女が俺たちに気づいたとは思えない。ほっと息をつきつつ、扉を閉めて教室に戻る。

「……どうだった？」

「多分大丈夫。吹奏楽部の人が楽譜を落とした音だと思う」

「そっか。また誰かにバレたらどうしようかと思ったよ」

「俺のときみたいに脅すのか？」

「必要ならやぶさかでもないかな」

あまり聞きたくなかった情報だな。お仲間ができると思えば気休めにはなりそうだけど。

でも実際、バレなくてよかったのは俺も同じ。俺と間宮では信用度合いがまるで違う。「無理やりやらせていたんだろ！」なんて言いがかりをつけられないとも限らない。

「することしたし、今日はもう帰る？」

「だな」


土曜日、午前十時前。澄み切った秋晴れの空。

余裕を持った時刻で待ち合わせの駅前に来てみれば、休みということもあってか人の数は目に見えて多かった。

スーツ姿の忙しそうな人と、これからどこかへ出かけるであろう楽しげに笑う人。ベンチに座りながらぼんやりと空を眺める老人。

平和な光景を眺めて現実逃避をしたところで、間宮と会う前にガラス窓の反射で自分の格好を確認する。

上は白いVネックシャツの上にカーキ色のジャケットを羽織(はお)っていて、下はシンプルな黒のパンツスタイル。要するにマネキン装備である。アクセサリーの類(たぐ)いはなしだ。

自分を魅せようとする意思はないのでこれでいい。

ただ、出かける気配を察知したアカ姉に捕まり、髪をセットされてしまった。自分では使う機会がまずないワックスでアカ姉曰(いわ)く『これでモテモテだね！』という要らないお墨付きまで貰(もら)った髪は、やっぱり似合っていないいんじゃないか？

仮にも間宮が隣にいるわけだから、嫌悪感を持たれない程度に整えるのは良いとしても、これはやりすぎだ。

間宮と顔を合わせたらニヤニヤ顔で煽られそうだ……今から胃が痛い。

実は楽しみにしてたんじゃないか――そんな勘繰りをされるのが一番嫌だ。

「間宮は……まだ来てないか」

遅れるのは良くないと数分早く来た甲斐あって、まだ間宮の姿は見えない。

間宮は良くも悪くも目立つから見落としてはいないはず……時間になって合流できなかったら連絡すればいいいし。それまでは精神安定に努めよう。

正直、本当に気が重い。

全部あの日の放課後が原因だ。タイムスリップができたら俺は全力で俺を止める。

とてもじゃないけど、優等生で客観的な判断として可愛い部類に入る間宮と秘密を共有して関係を持てることに対して、俺が抱えるリスクが大きすぎる。

「……誰とも会わないことを祈るばかりだな」

いるかもわからない神様に心の底から祈りつつ、待ち合わせまでの数分間をスマホと睨めっこしながら過ごし――周囲の人がざわついているのを感じた。

顔を上げてぐるりと見渡せば、駅にいる人の視線を一身に集める人物がいる。

艶のある長髪を秋の冷たい風に靡かせ、ローヒールの足音を鳴らして歩くのは俺の見慣れた顔——間宮だった。

　ただし、その装いは見慣れない私服。

　グレーのゆったりとしたシルエットのニットに、スタイルの良さを際立たせる脚のラインに沿った白のスキニーを合わせたカジュアルな服装。

　制服姿しか見たことがなかったものの、ファッションに疎い俺でも似合っているなと素直に頷けるセンスの良さだった。

　胸の前には銀色の小さな雫形のネックレスが揺れていて、落ち着いた服装のアクセントになっている。

　肌の露出は少なめの、いかにも楚々とした様相。

　間宮は俺を見つけたのか、緩やかな微笑みを浮かべながら近づいてきて、

「おはようございます、藍坂くん。待たせてしまいましたか？」

　あくまで丁寧な口調のまま、そう挨拶をしてきた。

　注目を集めていた間宮の相手が誰なのかと期待していた周囲の人から視線が一気に集まって、大変居心地が悪い。

　俺だって本意ではない外出なのに、どうして針の筵みたいな思いをしなければならないのか。

　全部間宮が悪いのだが、そう言っても仕方ないので諦めと共にため息をついて、平然とした表情を作りつつ、

「おはよう、間宮。遅れたら悪いから数分早めに来てたんだ」

「……そこは「今来たところ」と答えるべきでは」

「大して待ってないんだから似たようなものだろ」

これは男女の関係……いわゆるデートなどではなく、俺は間宮から荷物持ちを押し付けられただけ。外から見た関係性はともかく、そのスタンスを崩す必要性が感じられなかった。

なにやら間宮は渋い顔をしていたものの、こほんと一つ咳払いをして、

「それで、これから二人でお出かけをするわけですが」

「ですが？」

「今日の私に何か言うことはありませんか？」

含みを込めた笑みを向けながら、間宮は問いを投げた。

今日の間宮に言うこと……？　間宮が求めそうなことといえば……あれか？　服装でも褒めたらいいのか？

多分そうな気がする。

アカ姉も「女の子の服装は褒めること！」とか言ってたし、一般論的には合っていそうだ。

俺から言われても何一つ嬉しくない気がするけど、間違ってたら謝ればいいか。

「私服、似合ってるぞ」

感じたままを伝えれば、間宮は笑顔のまま固まってしまう。

やや時間をおいて、

「………それだけですか？」

どこかぎこちなくなった笑顔のまま返事をした。

「それだけって、他にどう言えと？」

「もっとこう、詳細に褒めようと考えなかったんですか」

「恋人でもない男にそんな褒め方されても気持ち悪いだけだろ」

「……あー、はい。そうですよね。藍坂くんはそういう人でしたね」

「なんで呆れたような目を向けられているのでしょうか」

「自分で考えてください」

くるりと身を翻して、間宮は背を向けて駅の構内へ歩き出す。

不機嫌にさせてしまった原因が本気でわからないまま俺も間宮を追って隣を歩いている途中。

「それはそうと——今日はかっこいいね、藍坂くん？」

ふふ、と屈託のない笑みを零しながら間宮が囁いて。

俺は一瞬何を言われたのかわからないまま立ち止まってしまい、思考の再起動を経てから慌てて先を行っていた間宮を追いかけた。

電車に揺られて向かった先は、様々な店舗が一つの建物に入った商業施設。休日ということもあって賑わっている店でも、隣を歩く間宮は注目されている。それも納得するほど整った外見ではあるけれど、人からの視線を常に感じなければならないのは息苦しそうだ。

　俺は隣にいるだけで息苦しい。

「で、どこを見るんだ？」

　緊張と憂鬱な気分を声に乗せて聞いてみれば、軽いため息が返ってくる。

「慌てない慌てない。せっかく女の子と……私と二人きりでのお買い物だよ？　他の男子なら嬉しすぎて血涙を流してもおかしくないよ？」

「それが嫌だから急かしてるんだ。第一、俺の役割は荷物持ちなんだろ？　なら早く終わるに越したことはないだろ」

「つれないなあ。素直になればいいのに。こんな可愛い女の子と休日を過ごせるなんて、それこそお金を払う必要も――」

「社会の闇を暴くな」

　それ以上は良くない。

　言いたいことはわかるんだけどさ。

　複雑な感情を抱きつつも、間宮が言うことにも納得できる。

　実際、今日の出来事をクラスのやつに話したところで嘘だと言われるのがオチ。何一つ間違っていない客観的な視点からの評価だな。俺も同意見だ。

ナッツにすら記憶を疑われてもおかしくない。

「それで、どうして二歩後ろを歩いているのかな？」

「いや、だって俺は間宮の行き先を知らないし。視線が痛いし。ついでに胃も痛い」

「……それならこのままランジェリーショップに行くのが面白そうかも」

「絶対行かないからな」

「顔には見たいって書いてない？」

「書いてない」

頼むから言葉通りに受け取ってくれない？

彼氏でもない俺をランジェリーショップに連れて行かれても困るし、仮に連れて行かれても絶対に外で待ってるからな。売り物に文句を言うつもりは全くないけど、間宮のことだから俺をからかうのが主目的だろうし。

日常的にそれ以上のことをされている気がするけど……考えるのはよそう。

自分が置かれている境遇に我ながら頭痛がしてくる。二度と普通の学校生活に戻れないのだろうか。あと二年も続ける気はないし、どこかで写真の件を解決する必要があるな。

「私としてはちゃんと隣を歩いてほしいんだけどなあ」

「俺の胃腸とメンタルを考慮してくれ」

「こんなに可愛い女の子が一人でいたら男たちが放っておかないよ？　下手したらお茶だけの

つもりがお持ち帰りされるかもしれないのに、藍坂くんはそれでいいの？」

「いいもなにも普段の間宮を知っているとそんなのに連れて行かれる姿が想像できない。男避けって部分は納得したけど」

　女性が一人でいると変なのが寄ってくるのはアカ姉もだったので知っている。

　仮にも知り合いと呼べる程度の仲ではある間宮がそんなことになるのは……確かにいい気はしない。間宮のことは苦手だしできることならこの関係も解消したいけど、人の不幸は蜜の味――なんて言うつもりはないし。

　それなら仕方ないと足を速め、間宮の隣に並ぶ。間の距離感は空けておきたいけど、店の迷惑にもなるので一人分。

　保護者でも恋人でもない関係性ならこのくらいで丁度いい。

「手も繋ぐ？」

「嫌だ」

　男避けなら手なんて繋ぐ必要はない。どうせ間宮もからかってるだけだから、真面目に相手をする必要もない。案山子のように黙って間宮の荷物持ちをしていればいい。

　間宮に連れられて入ったのはレディース系の服を取り扱う店。並んでいる服は当然のように女性もので、それを見ている人もほとんどが女性。恋人らしき男性を連れている人もいるものの、俺が入る気まずさは緩和されない。

むしろ、そういう目で見られるのかと考えて顔を顰めてしまう。

「外で待ってたらダメか？」

「ダメ。荷物持ちはそうだけど、似合ってるかの判定をしてもらわないと困るし」

「何度も言うが俺が見ても良し悪しはわからないぞ」

「てことは、藍坂くんに「似合ってる」って言わせたら相当ってことだよね」

ふふん、と間宮は得意げに鼻を鳴らす。意地でも連れて行く気か。

笑顔の裏にあるのは何としてでも俺で愉しみたいという思考……ってのは流石に邪推かもしれないけど、あながち間違いでもなさそうだ。

あの写真がある限り、どうやっても間宮の立場が上になってしまう。無駄だとわかっているから諦めるしか選択肢がない。

渋々――本当に渋々、間宮の服選びに付き合うこととなった。

「服選びって迷っちゃうよね。どれもいいものに見えちゃうし、でも全部買えるほどお金に余裕があるわけでもないし」

「買う物を決めてたらいいんじゃないのか」

「色々見るのが楽しいじゃん。実物を見ないとわからないこともあるし。服によって細かい部分のサイズが違うからさ」

一理あるけど、できれば一人の時にしてほしい。

間宮は店をぐるっと一周回りながら、気になったものをその場で身体に当てて見せてくる。どれも俺には同じようにしか見えないけど、間宮からすると違うらしい。

気の利いた感想なんて期待されても困るし、間宮相手に批評とか色々面倒だから「似合ってる」と適当に言っておくと、

「ちゃんと見てる？」

「ちゃんと見てもわからないんだよ。そもそも間宮なら何着ても様になるだろ」

素体のレベルからして違うのだから、俺なんかの感想に惑わされずに自我を持って服くらい選んでほしい。そういう意味での言葉だったが間宮はしばし固まり、少しだけ頬を赤く染めながら視線を逸らした。

……なんで？　恥ずかしがる要素あった？

「おーい、間宮？」

「っ」

声をかけてみれば間宮は肩をぴくりと跳ねさせて、金具が軋んだ扉のような動きで首を俺の方へと戻した。

「何考えたのか知らないけど、買い物は早く終わらせてくれ」

「……そうだよね。そんな意図があるわけないよね。藍坂くんだもんね」

「今遠回しに酷い中傷を受けた気がする」

「自業自得だよ。じゃあさ……藍坂くんは白と黒、どっちが好き？」

間宮は両手に白と黒のダッフルコートを並べて聞いてくる。

どっちでもいいと思うけど――

「……強いて言うなら白かな。髪の黒が映える、気がする」

絞り出すように答えると、「そっか」と間宮が答え、白のダッフルコートをハンガーラックに戻してしまった。

そして、したり顔で笑みを浮かべつつ、

「てわけで黒にしようかな」

「前後の脈絡が不明なんだけど」

「藍坂くんのセンスを信じるなら白はないかなって」

「妙に説得力あるな」

確かに俺のファッションセンスは使い物にならない。錆（さ）びついていて、磨けば光る原石の可能性だって無きにしも非（あら）ずだけど――現状そうではないのだから言い訳は無用。

ならなんで俺に意見を聞いたんだよと問い詰めたくなるものの、買い物が終わるならそれでいい。いちいち突っ込んでいたら日が暮れそうだ。

「お会計してくるね」

「店の外で待ってる」

「買ってくれないの？　色んな格好を見せてくれてありがとう代としては安いんじゃない？」

「自意識過剰が過ぎる」

俺は間宮に連れてこられているだけなのに、どうして間宮の買い物代まで負担する必要があるのか。

流石に冗談だったらしく、間宮は一人でレジの方へと向かっていく。冗談じゃなかったらそれこそ冗談じゃないんだけどな。

一人になったところで間宮の反応を思い出し、

「……なんだったんだろうな、あれ」

誤魔化されてしまったなと頭の片隅で考えながら、会計をする間宮の帰りを待つのだった。


「もうお昼だね。このままフードコートで食べてく？」

「そうするか」

間宮と服やら雑貨やらを見ている間に気づけば昼を回っていたため、そのまま流れで昼食も済ませることになった。

予定通り間宮が購入したコートは紙袋に入れられ、俺の左手が塞がっている。

どことなく上機嫌な間宮の隣を歩くのは微妙な居心地の悪さを感じるものの、もう仕方ないと割り切ってフードコートに辿り着く。

「混んでるな」

「お昼時だからね。どうしよっか。このまま席を探すか、別なところで食べるか、時間をずらしてまた来るか」

「ちなみに時間をずらすとしてどこに行く気だ？」

「そりゃあもちろんランジェリーショップ――」

「却下」

ピンク色の思考をやめてくれ。なにやら不満げに頬を膨らませているも無視。

意味不明なことを言っている間宮が１００％悪い。てことはこのままか別なところって話になるけど――ん？

あれ、もしかして……ナツと多々良じゃないか？

人目も憚らずに手を繋いで、甘い空気を漂わせる二人。

デートだろうか、二人ともおしゃれをしていて楽しそうに笑みを零している。胸焼けしそうな光景と、普段は調子のいいナツがデレデレしているのは少しばかり面白いものがあるが、そうこう言っている暇がない。

「間宮、場所を移そう。多分俺の友達がいる」

「えっ」

隣で間宮が驚いたのか息を呑んで、

「……藍坂くんにも友達いたんだね」

「男女平等パンチいいか？」

「暴力反対！」

「なら言動を顧みてくれ……じゃなくて。一緒にいるの見られるとまずいよな」

俺と間宮は学校での評価軸からすると目立たない一生徒と才色兼備な優等生。差は歴然で、接点なんてない存在だ。

それが休日、二人だけでこんな場所にいたと二人に知られたら——どう転ぶかわかったものじゃない。

ナツはともかく、多々良が信用できないわけではないけれど、リスクは減らすに限る。俺と間宮が二人でいるのに理由があるのだと察してもからかってくるだろうし。

それはちょっと……いや、大変遠慮したい。

間宮も面倒ごとは嫌だろ？　と目線で訴えれば、顎のあたりに手を軽く当てつつ考えてから静かに頷いた。

「たまたま遭遇したって言い訳も無理があるからね。一旦ここから離れて——」

くるり、と間宮が身を翻すのと同時、不意に振り返ったナツと視線がぴったり合ってしまい、徐々にその目が見開かれる。

これ、もしかしなくても気づかれたよな。

……終わった、俺の平穏。

「間宮、多分気づかれた」

「言い訳どうするの？」

「……昔から付き合いがあったってことにして、今日は荷物持ちでここにいるってのはどうだ？」

「それでいいならいいけど。宍倉さんは納得してくれるのかな」

「大丈夫だと信じたい。訳ありなのは察してくれるだろうし」

学校の奴には知られたくないと素直に話せば理解してくれるはずだ。誰もいないところでは俺が弄られる羽目になるだろうけど……それくらいは甘んじて受け入れよう。

最低限、間宮に迷惑をかけないようにだけは言い聞かせておかないと。

近寄ってくるナツと多々良。

ナツに耳打ちされた多々良も俺と間宮を見て、思わずと言った風に口元を押さえてぱっちりとした目を更に開いていた。

ニヤニヤした笑みを浮かべているナツに苛立ちのようなものを感じるも、つけ入る隙を与えないようにポーカーフェイスを意識して隠す。

「よう、秋人。もしかして邪魔したか？」

批判する気も失せるような爽やかな笑みだが、声の裏には楽しそうな出来事の気配を逃したくないという邪念が透けている。

間宮は既に優等生の仮面を被っていて、ナツと出会ったことに驚いた、という表情を作りながらも控えめな笑顔を崩していない。

年季が入った優等生の仮面だ。

「俺と間宮は邪魔をされるような仲じゃない、とだけ言っておくぞ」

「ええ。こんにちは、宍倉さん。そちらの方は――」

「俺の彼女」

ナツが自信満々に答えると、多々良はパッと花開いたような快活な笑みを浮かべ、

「多々良光莉です！　間宮さんは初めまして、かな？　秋くんもこんなところで会うなんてねー。しかもあの間宮さんとなんて」

「やむにやまれぬ事情ってやつだ」

「そっかそっか。よかったね？」

多々良は全く悪気を感じさせない様子で笑顔を振りまいた。絶対に誤解しているな。かといって誤解を解くための説明をできる気がしないので、このまま乗り切ることにする。

間宮も多々良へ「間宮優です。よろしくお願いしますね」と丁寧に返していた。

隣のナツは良い笑顔でサムズアップを送ってくる。

こいつ後で締めよう。

「んでんで、どういう理由があったら秋人と間宮が一緒に休日デートなんてすることになるんだ？　説明してくれるんだろ？」

「デートじゃない。荷物持ちをしてるだけだ」

「少し前から交流がありまして。私が買い物に行くと伝えたら、一緒に来ていただけることになったんです。とても助かっていますよ」

「そりゃどうも」

　優等生を崩さない間宮の笑顔と言葉に胃を痛めながら、その方向性に寄せていく。愛想のない反応から色々察してくれと念を送るも、ナツも多々良も驚いたように俺と間宮を見ていた。

「まさかまさかの展開だな。ひぃちゃん、どうだ？」

「そのうちデキると思う！　具体的には一か月半くらい？」

「クリスマスか……時期的にも丁度いいよな」

「わかっててからかってるだろお前ら」

「あ、バレてら」

　不機嫌さを声で示すと、ナツはくつくつと笑って視線を逸らす。多々良も下手くそな愛想笑いで誤魔化している……似たもの同士だな、よくわかった。

　間宮は表情を変えないものの、どことなく困っているような気配を感じる。意外と不測の事態に弱いのだろうか。それか、俺と恋人扱いをされるのが余程嫌だったと見える。

「てか、ここだと邪魔になるし、一緒に昼でもどうだ？」

「お前は彼女がいるんだから二人で食べろよ」

「えー？　だって面白そうじゃん。なあ、ひぃちゃん？」

「うんうん！　こんなの見過ごせないよね！」

「……間宮、任せていいか」

「ではご一緒させていただきましょうか。せっかくの機会ですから」

「よし決まりっ！　席取らないとな。えーっと……お、空いてる場所発見。行こうぜ」

ぐるりとフードコートを見回したナツが四人分の空席を見つけ、そっちへ移動していく。

「……悪いな、間宮」

「いいですよ。こういうのも、たまには。話は合わせてくださいね」

「ああ」

ナツと多々良が昼食に選んだハンバーガーを買いに行っている間に、俺と間宮は口裏合わせの相談を行っていた。

本当の事情を知られるわけにはいかないため、嘘と偽りしかないカバーストーリーを二人に信じ込ませる必要がある。ファーストコンタクトの時点で間宮が「以前から付き合いがあった」と言ってしまっているため、それを前提とした話にはなってしまったが。

「私と藍坂くんは前から知り合いで、家が近くて、時々話してた。今日は私が藍坂くんに相談があって、買い物ついでに一緒に来ることになった……でいいんだよね」

「その辺が妥当だろうな。納得してくれるかはわからないけど」

「都合のいい誤解をさせればいいんだもんね。余裕だよ余裕」

「どこからその自信が来るんだよ。俺はナツが不用意に突っ込んでこないかだけが怖い。なんだかんだで鋭いんだよ、あいつ」

ナツは軽薄そうな態度とは裏腹に、よく人のことを見ている。

俺と間宮がそういう関係ではなく、何かしらの事情があって一緒にいるところまで読まれていそうな気もするけど。

「バレて困るのはお互い様だから共闘だね。がんばろっか」

「そうだな……っと」

一通りのすり合わせを終えたところで、ハンバーガーを乗せたトレイを二人が運んで戻ってきた。

「席とってもらってて悪いな」

「ありがとね間宮さん、秋くん」

「別にいいって。俺たちも選んでくるか」

「そうですね」

「こんなときまで二人行動とは随分お熱ですなあ」

「その方が効率的だろ」

いちいちからかうのをやめろと視線で訴えるも、ナツは涼しげだ。時間の無駄だと諦めて、俺も間宮と注文のため列に並ぶ。

「それにしても、間宮もハンバーガー食べるんだな」

「私、どんな人だと思われてたのか凄く気になるんだけど」

「なんかでかい家に住んでるお嬢様。ファーストフードとかカップ麺は身体に悪いから食べないものとばかり」

「残念。普通にハンバーガーくらい食べるよ。カップ麺はあんまりだけど。そういうのも含めて本当の私は庶民的で親しみやすく、家庭的なごくごく普通の美少女なんです」

「ごくごく普通の美少女って一文で矛盾するのやめろ」

列が進んで注文を済ませ、数分待ってそれぞれのトレイを受け取る。俺は卵とチキンがソースと絡んでいるエッグチキンバーガー。間宮はエビカツと野菜にオーロラソースを合わせたエビフィレオを注文していた。一人一つのMサイズのポテトとドリンク。

それを載せたトレイを席に運べば、食べずにイチャイチャして待っていた二人が甘い空気を漂わせながら出迎えた。

「先食べててよかったのに」

「いやいや、こういうのは待つって。せっかくの楽しいランチタイムだぞ?」

「すみません、お待たせしてしまって」

「いいのいいの！　光莉も二人のこと聞きたかったし！」

「てことだ。洗いざらい吐いてもらうぞ、秋人……？」

「やましいことなんて何もないっての」

大嘘だ。

俺と間宮の間にある関係は誰にも話せないような秘密だけ。動揺を表に出さないようにと精神を張り詰めながら、普段通りの自分を投影する。

バレるのは俺としても避けたいし、間宮にも迷惑がかかるし、そうなったときに俺がどうなるのかを考えると隠し通すしかない。

ちらりと間宮の方を見て、一瞬だけ視線を交わす。それから四人で「いただきます」と口にして、気の抜けないランチタイムが始まった。

「――んで、結局お二人さんはどういう関係なわけよ」

「……友達？　みたいなものだ」

「そうですね。それが一番近い表現かと」

「その割には二人の距離感が近い気がするなあ。通じ合ってるっていうか、お互いに考えてることがわかってるみたいな」

「わかる」

ハンバーガーを味わう合間に進む会話。

ナツと多々良は俺と間宮のことを友達よりも深い関係にあると勘違いしている。ある意味間違いじゃないけど、認められるはずがない。

俺たちが放課後の教室であんな写真を撮っているのは、世間的に見ればアブノーマル感のある関係性だ。

その理由も、俺が間宮に逆らえない原因の写真も。

誰かにバレた瞬間、全てが終わる。

美味しそうにハンバーガーを頬張るナツと多々良を観察しながらコーラを飲んで、弾ける炭酸の感覚で思考の歯車を速めていく。

「二人でいるのが自然なんだよな……特に秋人。普段は誰かと接するのに距離を作ってるお前が、間宮相手だと遠慮がないみたいに見えるぞ」

「あ、それ光莉も思ってた！　光莉はなっくんほど秋くんのことをよく知らないけど、間宮さんを気にしてはいるけど気を遣ってはいないよね」

「……まあ、多少話したりはしてたからな。気を遣ってないように見えるのは、俺が間宮のことを意識してないからじゃないか？」

「藍坂くんはいつもこうなんですよ。酷いですよね？」

「全くだ」

「間宮ちゃんみたいな可愛い女の子と一緒にお出かけしておいてそれはどうなの？」

少し長めのポテトを食べながら多々良が言う。それに間宮とナツがうんうんと頷いて……おい間宮裏切るなお前はこっち側だろ。どうして間宮まで俺が悪いみたいな方向性に持っていこうとしているんだ。

二対二だったはずが、いつの間にか三対一になってるんだけど。

気を紛らわすようにポテトを何本か食べる。熱を持ったままのポテトはサクサクと小気味よい食感を伝えてくれて、程よい塩気が荒んだ心を癒してくれた。

やっぱこれだよな……この癖になる味だよ。

「ですが……そういう部分も含めて藍坂くんといるのはとても楽しいですよ」

「そうかよ」

「お、秋人が照れてる」

「照れてない」

ニヤニヤと問い詰めてくるナツと、形勢の悪くなった空気から逃げるように視線を外側へと逸らす。

照れては……いないはずだ。

さりげなく頬を触ってみるも、じんわりとした熱を感じるだけ。どうせ適当言っていただけだと決めつけ、残りのコーラを飲み干してしまう。

「ねえねえ、これって惚気？　光莉的には１００％惚気なんだけど」

「ったく、このバカップルを相手にするには俺たちも惚気ないとな……！」

「公共の場でイチャイチャするな視界がうるさい」

「もしかして藍坂くん、羨ましいんですか？」

「羨ましくない。てか間宮はどっちの味方なんだよ」

「私は私ですから」

……やっぱりこいつ、俺をおもちゃにして遊んでるだろ。

孤立無援な現状に心中で天を仰ぎながらも、続く会話をどうにか機転を利かせて乗り切った……と信じたい。


「んじゃ、また学校でなー。楽しんでこいよー」

「余計なお世話だ」

にしし、と悪だくみをする小悪党のように笑うナツと、微笑みを浮かべながら手を振っている多々良と別れ、俺は溜め込んでいた緊張を吐き出すように息をついた。

「楽しかったね」

「それは冗談だよな」

「藍坂くんは楽しくなかったの？」

「アレを楽しいと呼べるならこの世にある大体のことは楽しめると思うぞ」

　終始誤魔化せたかどうかと不安になっていた俺と違って、間宮は緊張すら表に出すことなく乗り切っている。これが普段から優等生としての仮面を被って過ごしている者の貫禄か。見習いたくはないけど。

「とはいえ、なんとか友達って体で通せたな」

「友達……？」

「急に梯子を外すな」

「ごめんごめん。藍坂くんから友達って呼んでくれるのが新鮮で」

「そいえば間宮は友達いないんだったか」

「素を見せられる友達がいない、が正しいね。喧嘩なら買うよ」

「俺が友達じゃないなら事実だろ」

　ド正論を突きつければ間宮は沈黙し──諦めたのか軽いため息をついた。

「人間言っていいことと悪いことがあるんだよ？」

「開戦の狼煙を上げたのは間宮な気もするけど」

「だとしても正論パンチはダメ。私傷ついたなあ。傷ついちゃったなあ」

　チラチラとこれ見よがしに「私可哀想でしょ」アピールをする間宮。俺のなけなしの良心が痛む。

間宮は自分に備わった強み……客観的事実として可愛い部類に入る容姿と計算されつくした仕草、声音や視線など、おおよそ考えうる全ての武器を使って俺に揺さぶりをかけてくる。

普通の男子なら間宮の黒い術中に嵌ってしまうだろうが、裏を知っている俺としては多少の罪悪感を覚えるだけ。

ただ――如何せん場所が悪い。

ここはショッピングモール。人目は数えきれないほどにある。そんな中でこんなことをし始める間宮と、その隣にいる仏頂面の俺。

嫌でも注目を集めてしまうのは必然だった。

「……何がお望みだよ」

訊けば間宮は柔らかな微笑みを俺に返して、

「ランジェリーショップ」

至極当然のように言う。俺の顔は条件反射で引き攣った。

散々断ったのにこれだよ。そこまでして連れて行くとこか？

「なんでそんなに下着にこだわる？」

「だって面白そうだし。私が選んでいる隣で「間宮って学校にこういうのつけてくるのか……」とか恥ずかしそうに視線を逸らしつつも欲望に逆らえずチラチラ見ては顔を赤くして考える藍坂くんの顔が」

「発想が悪魔のそれだぞ」

「でもどうせ見るじゃん」

「それを言ったら全部台無しだし見せてるのは間宮だからな⁉」

誓って俺が見たくて見てるんじゃない。

世界が……もとい、間宮が強要してくるのだから俺は悪くない。

恋愛に否定的ながら感性は至って普通の男子高校生である俺としては、間宮が意図的に見せてくるそれですら結構堪える。惜しむらくは情緒と呼べるものが一切なく、従わなければ破滅が待っている状況ということか。

間宮にその手のことを求める気は一切ないし、できるなら今日にでもやめてほしいけど。

それはそうと今まで見た間宮のそれを忘れられるかと聞かれれば、残念なことに首は横に振られてしまう。

俺のように免疫のない人間には刺激が強すぎた。

「でも、あんまり嫌がる藍坂くんを連れて行くのも面白くないし……別な場所にしよっか。せっかくのお出かけだもん。楽しかったって思ってほしいし」

「……間宮、お前」

「てことでさ、ちょっと行きたいところがあるんだよね。いい？」

「場所による」

「本屋さん」

てっきりはぐらかされると思っていたけど、間宮は素直に場所を伝えてくれた。そういえば結構な頻度で本を読んでいる姿を学校で見る。欲しい本でもあるんだろう。

それなら断る理由がないと頷いて、店舗内にある書店へと向かった。

静かな書店に入るなり間宮は自分だけがわかっている目的地へずいずいと足を進める。その後を追って到着したのは――

「……マンガ？」

「うん。意外だった？」

「よく文学系の小説を読んでるっぽいから好きだとばかり」

「色々読むってだけ」

小声で会話をしつつ、間宮は棚に並ぶ何十何百というタイトルのマンガを一つ一つ見ていく。ジャンルはバラバラで統一性がない。雑食タイプなんだろうか。

「それにさ、こうやって棚を見るの楽しくない？」

「あー……ちょっとわかるかも」

「でしょ？　新しい出合いっていうかさ。こう、時々びびっとくる作品があるんだよね」

楽しそうに語る間宮。普段よりも饒舌かつ熱の入った眼差しに頬が緩んでしまう。好きなことを表に出すのは間宮にしては珍しい。俺が知る限りは初めてな気がする。

俺もマンガは人並みくらいには読むけれど、間宮ほど熱を入れてはいない。有名な作品のタイトルがいくつかわかるくらいだ。

「間宮って結構オタク気質だったり？」

「……まあ、その尺度は人によるよね。私はそうでもないと思ってるんだけど。私程度がオタクを名乗ったら本物の方々に失礼だし」

「その言動が既にオタクなんだよなあ」

「うるさい」

服の上から二の腕を抓ってくる。やめろ結構痛い。荷物落としたらどうするんだよ。

今回のは俺も悪い気がするけど、間宮は構う暇はないとばかりに歩調を速めた。

俺のことを気にせず次々と棚をチェックする間宮。しかし心に適うものがなかったのか、何も手に取ることなく通り過ぎて新刊コーナーへ。

そこで初めて間宮は棚へ手を伸ばし、一冊のマンガ本を選び取る。『転生したらドラゴンだった件』……流行りの転生系ファンタジーマンガだ。十数巻も出ている有名作で、俺も初めの方を読んだことがあるが面白かった覚えがある。

「あったあった。新刊が昨日発売だったんだよね」

「……それはよかったな」

「なんか冷たくない？　わかった。藍坂くんも読みたいの？　いいよ別に。今度貸してあげるから」

「間宮が読ませたいだけだろ」

「藍坂くんも読みたそうにしてたし」

なんでこんなところで意地を張るんだよ。素直に読ませたいって言えばいいのに。

貸してくれるなら読むけどさ。俺だって読みたくないわけじゃないし。

「他には？」

「まだあるはずなんだけど……あ、あった」

続いて間宮が取ったのは妙にキャラの目がキラキラしたもの……少女マンガか？　タイトルは『ずっと君が好きでした』。……申し訳ないけど、絶望的に似合わない。

「……なに？　私がこういうの読んだら悪い？」

思考を読んだような言葉にぎくりとしつつも、いやいやと首を振る。だけど、誤魔化したのはバレているようで、不満げな視線は止まない。

こうなれば素直に白状するしかないだろう。

「……悪くはないけど意外だった」

「……まあ、そうだよね。柄じゃないのはわかってる。私がこういうのを読んでる理由は、恋愛を疑似体験するため、かな。残念ながらその効果は皆無なんだけどさ」

困ったように言いながら、間宮はそのマンガの表紙へと視線を落とす。主人公の女の子と、イケメンの男子が隣り合うように描かれている。女の子の方は照れているけど、男の方は不敵に笑みを浮かべていた。

少女マンガで恋愛を疑似体験、ねえ。マンガは結局創作の世界。マンガは現実とは違うし、現実はご都合主義な展開ばかり起こるはずもない。

「それ、読んでて面白いのか？」

「うーん……正直、そこまでではないかな。でも、知りたいとは思うから。読んでたらいつかわかる日が来るのかなあ、なんて」

それは羨望（せんぼう）だろうか。

恋愛は誰にやれと言われるでもなく、大半の人が経験すること。俺のように異性から好意を寄せられる経験がなかったわけではない間宮は、その感情に何度となく触れている。

それでも、間宮は恋愛感情を誰かに抱くことはないのだろう。

誰にも言えない秘密と、剝（は）がれなくなった仮面がある限り。

「で、その二冊でいいのか？」

「うん。お会計してくるね」

間宮は選んだ二冊を抱えてレジの方へ。時間はそうかからずに合流し、本をコートの袋に纏（まと）める。荷物はなるべく少ない方がいい。

「ありがとね。藍坂くんは見て回らなくてよかったの？」

「間宮のついでで見れたからな」

「そっか。じゃあ、ちょっと早いけど三時のおやつとかどう？　アイスクリームとかさ」

「太るぞ」

「別腹だから大丈夫。大丈夫って目を逸らすことにするの」

「間宮がいいならいいけどさ」

「じゃあ決まり！　早く行こっ！」

ひらり、と長い髪を靡かせて、アイスクリーム店の列を目指す間宮。花が咲くような笑みで俺を誘う。

その声は、仕草は、表情は――ダメだ。

間宮にそんな気は一切ないとわかっていても、記憶と重なって胸の奥が痛みを訴える。俺は都合のいい荷物持ちで、間宮との間には打算しかなくて、そんな感情を向けても向けられても迷惑なだけ。

好きなんて感情は脳の錯覚だ。

揺れる気持ちを落ち着けるように深呼吸を繰り返し――ようやく頭の中に立ち込めていた霧のようなものが晴れていく。

「藍坂くん遅いよー！」

「……ああ。今行く」

　意識を変えようとしたものの、強張りは残り続けていた。それを見抜かれたのか、隣に立つなり眉間にしわを寄せた間宮に覗き込まれる。

「テンション低いね。アイス嫌い？」

「嫌いじゃないけど」

「じゃあ、やっぱり私といるのが嫌ってこと？」

「……いや。嫌なのは間宮じゃなく俺自身だよ」

「なにそれ」

　正直に伝えれば、返ってくるのは困惑の色が強い呟きだった。

　間宮はじーっと見定めるように俺の顔を注視し――右手が俺の顔に伸びてきて、頬に優しく触れていた。唐突で意味のわからない行動に一瞬呆けてしまう。

「私は藍坂くんを本当に嫌だと感じたことは一度もないよ。言葉も表情も嫌そうだけど、あったかいのはわかるから」

　酷く優しく、子どもに語りかけるような温度の伴った口調。

　頬に触れている手のひらからじんとした熱量が伝播して、それを意識したのか身体が熱を帯びていく。凝り固まった何かが解れて溶けていくような、身を委ねてしまいたくなる甘い余韻が意識を揺らして――そこでようやく、はっと我に返った。

　一歩退いて手のひらから離れればよかったのに、俺はわざわざ間宮の手首を掴んで離れさせる。頬に残る感覚から逃げるように顔を逸らして、俯きがちに眉間を揉む。

またやってしまった。

「……本当に気にしないでくれ。間宮は何も悪くなくて、これは俺の問題なんだ」

「……そっか。うん、わかった」

静かな声には、どうしてか残念そうな気配があって。

じわりと心の裂け目から罪悪感が湧いてくる。

俺だって間宮を嫌いたいわけじゃない。間宮に罪はなくて、俺が過去の失敗経験に勝手に間宮の存在を重ねてしまっているだけ。

そんなのわかってる。

わかっていても、まだ無理なんだ。

「──で、アイスだったか。好きなの頼んでくれ」

「藍坂くんが買ってくれるの？」

「自己満足。迷惑かけたお詫びだよ」

「ふぅん……じゃあ、お言葉に甘えよっかな。だからさ、お互いのものを交換するくらいはいいよね？」

「食べさせ合うとかじゃなきゃ別にいい」

「やったっ」

間宮の花が咲くような微笑みに、鈍い痛みを訴える傷。その痛みを苦笑で誤魔化して、アイスクリーム店の列に並びながら何十種類もあるメニューを眺めた。

「アイス美味しかったね」

楽しそうにまなじりを下げながら言った間宮のそれに、俺は小さく頷いた。

俺の奢りだからと間宮は遠慮……することはなく、当たり前のようにチョコミントとオレンジシャーベット、特濃ミルクという三種類を注文し、全部を美味しそうに食べていた。

昼を食べたばかりなのによく入るなと思いつつ、俺もビターチョコレートのアイスを頼んでちびちびと食べてしまった。途中でお互いのものを交換して食べて、計四種類の味を堪能したことになる。

俺の方が貰いすぎな気もしたが、「藍坂くんの奢りなんだからいいでしょ？」と納得するしかない理由によって疑問を呑み込み、半ば強制的に間宮のアイスも貰った。

アイスを食べ終えてフードコートを離れたところで、

「ごめん、ちょっと待っててもらっていい？」

「ん？　いいけど。見たい店でもあったか？」

「……そこは察してほしいなあ」

どうしてかジト目が向けられて、俺は昼過ぎでぼんやりしつつある頭を働かせ――　そういうことかと答えを導き出す。お手洗いに行きたい、のか。回りくどい言い方をしなくても、とは口にはしない。

そのまま黙って間宮を送り、近くで時間を潰しておく。

「はあ……」

ため息が出てしまうほどに精神的な消耗をしていたらしい。

間宮と二人きりの外出だけでもいっぱいいっぱいなのに、まさかナツと鉢合わせるのは想定外だった。慣れない状態と予想外の出来事が重なってしまうとこんなに疲れるんだな……二度と味わいたくない疲労感だ。

ただ――全てが楽しくなかったとまでは言わない。

少なくとも家にいる週末よりは退屈しなかった。

それが間宮のお陰だとはこれっぽっちも認めたくないけど。

「目的は達成したけど……やっぱり向いてないな、こういうの」

間宮だけじゃなく、異性と二人で出かけるのはハードルが高すぎる。

道中の話題の振り方もわからなければ気の利いた言葉も出てこないし、どうしても色々とぎこちなくなってしまう。悪気はなくても、間宮には居心地の悪い時間を過ごさせた。

アイスの前のあれだって、強く意識を持っていれば表に出なかったはず。割り切ったと思っていても、まだ引きずっていたのだとわかって気分が下がる。

「……どうしようもないのはそうなんだけどさ」

はあ、とため息が漏れ出て。

「――どしたの？　そんな辛気臭そうな雰囲気を漂わせて」

鈴を転がしたような声。

戻っていたのに気づかなくて驚きつつも顔を上げれば、微笑みを湛えた間宮の端正な顔が目の前にあった。

つぶらな瞳と視線が交わって、俺の顔が映り込む。

「戻ったなら俺も行ってきていいか」

「いいよ。荷物持っておくから」

間宮に手荷物を渡して、俺も用を足す。手を洗い、鏡に映る自分の顔の情けなさに内心笑いつつ戻れば――間宮は見知らぬ三人の男に絡まれていた。

いや、早すぎるだろ。俺が離れていたのなんて精々三分とかそこらだぞ？

間宮は作り笑いを浮かべてはいるものの、迷惑だなあと言いたげな雰囲気を滲ませている。

決して相手を刺激しないようにと柔らかい対応をしているが、男たちは完全に間宮をロックオンしているらしい。

「なあ、いいだろ？　俺らと遊ぼうぜ？」

「そうそう。こんな可愛い女の子に荷物を持たせてどっか行くような男なんてほっといてさあ、俺らと楽しいことしようよ」

「俺ら金あるし、色々奢るからさ」

男たちは人好きのいい表情と耳触りのいい言葉を駆使して間宮を誘おうとしているものの、間宮に靡く様子はない。そもそも、言葉の裏の欲望を隠せていない。

ああいう手合いには慣れているのだろうけど、存外にしつこくて手間取っている感じだ。

「これこそ俺が求められている場面、なんだよな。……やってられねえ」

元々、俺に任せられていたのは荷物持ちと男避け。役割を果たすのが今なんだろうけど、非常に気が向かない。

もう少しいい体格をしていたら臆病な性格を誤魔化して、間宮たちの間に割って入って強引に引っ張ることもできたはず。

……これは言い訳か。

俺がするべきは同行者として変なのに絡まれている間宮を助けること。何一つ不自然なことはない。

四の五の言ってられないと緊張を紛らわすように深呼吸をして、間宮の方へと歩き出し、

「待たせた」

「藍坂くん……っ」

気づいた間宮は俺の右手を取ってきた。

僅かに鼓動を速めた心臓。その動揺を内側に押し込めて、男たちへ視線を巡らせる。

間宮から手を繋いできたのは予想外だったけど、この状況なら上手く使える。

男たちに『俺と間宮は良い関係ですよ』という雰囲気を意図的に作って、

「すみません、行くところがあるので」

「わかってくれ」と言外に男たちへ伝えて間宮の手を引くと、逆らうことなくついてきてくれる。意図を短い間で察してくれたらしい。後で何を言われるのかは怖いけど、状況的にこれがベストだと思ったのだから仕方ない。

すると男たちも相手にされないとわかって諦めたのか、背後でチッっと隠す気のない舌打ちが聞こえた。この様子なら追ってこないだろうけど振り返ることなくその場を離れてから、人通りの多い通路の壁に背を預けながら深いため息をついた。

「あー……ったく、慣れないことはするものじゃないな」

押し寄せた精神的な疲労を言葉として吐き出すと、間宮は眉を下げながら笑って、

「さっきはありがとね。あの人たちしつこくて」

素直に礼を言われてしまい、妙な感覚を覚えてしまう。

「そりゃどうも」

「やっぱり藍坂くんを連れてきて正解だったかも。いつもならあのまま絡んできた人たちが帰るまで断り続けるか、しつこいと警察コースだし」

「……苦労してるんだな、間宮も」

「そうなの。買い物もまともにできないとか、本当にどうにかしてほしいよ。それも藍坂くんがいれば大丈夫そうだけど」

「また連れてくる気かよ」

「いいでしょ？　どうせ暇なんだから、可愛い女の子のボディガードをさせてあげるよ」

「暇と決めつけるな。俺にだって予定ってものがなあ」

毎週付き合わされるとか流石に勘弁だ。たまに……それこそ数か月に一回くらいなら許容できなくもないけど、それもこれも間宮の機嫌次第。

「ねえ、藍坂くん」

「なんだよ」

「手、握っててくれるんだ」

指摘されて初めて間宮の手を握ったままだったことを意識して、慌ててその手を解(ほど)いた。

間宮を連れ出すなら都合がいいと自然にやってしまっただけに、今考えるととんでもないことをしていた気がする。けれど、俺の反応がおかしかったのか、間宮は目を丸くしてからお腹(なか)に手を当てて笑い出した。

「あははっ、気づいてなかったの？」

「……仕方ないだろ」

「咄嗟の判断で私の手を握ってくれるくらい心配だったんだ。……やっぱり藍坂くんって優しいよね」

「やめろそんなのじゃない」

「照れてるの？　可愛いね～」

ニヤニヤしながら間宮が俺の腹を突いてくる。

こそばゆい感覚のそれから逃げようとしたが、その前に左手首を摑まれた。

「……離していただいても？」

「またああいう人に絡まれないとも限らないし、この方がぱっと見でわかるでしょ？」

「流石に並んで歩いてたら大丈夫だろ」

「私と手を繫ぐの嫌？」

「好き好んでやりたくはない」

当たり前だろう？　と温度を下げた視線を送ると、間宮はしばし視線を泳がせてから、

「……怖かったからって言ったら、繫いでくれる？」

上目遣いで絞り出すようにした言葉に喉の奥が詰まり――いや待て落ち着けと情報と思考を整理する。

あれだけ普通に接していながらも、間宮は恐怖を感じていた……？　自分よりも身体の大きな異性に囲まれては無理もないだろうけど、そんな素振りは一切見せていなかった。

演技なのかと間宮の様子を窺(うかが)ってみるも、どうにもそんな風には見えない。

そもそも、俺が間宮の演技を見抜けるのか怪しいところ。

……騙(だま)されたら騙されたでいいか。

「ん」

俺の意思ではないと示すためにあえて目を合わせながら手を差し出せば、間宮は感触を確かめるように強弱をつけて握ってくる。

慣れない手のひらの柔らかで温度を持った感触に心臓を跳ねさせながらも、決めたことだからと離さずに握り返した。

「なんか、あったかいね」

安堵(あんど)の息を零す間宮。しゅんとしていた表情が綻(ほころ)ぶ。

「こんなもんだろ」

「緊張してる？　手汗かいてるけど」

「そうだよ悪いか。嫌なら離してくれ」

「ううん、全然。我儘(わがまま)を聞いてくれてるんだもん、文句は言わないよ。それにさ……安心するから。誰かがいてくれるって思ったら、少しだけ」

瞼(まぶた)を伏せて、間宮は安堵を表に出して言う。

間宮の周りには素の自分を出せる相手はいなくて、たまたま俺は間宮の本性を知っただけ

で——だから、そう。

この手を繋ぐ相手は俺でなければならない、なんてことはない。

そうだとしても……どこかほっとしたような間宮の表情を見れば、こうして正解だったと後悔はない。それで間宮が抱えていた恐怖が和らぐのなら、自分の行いも正当化できる。

「どうする？　もう用事がないなら帰った方がいいだろ」

「そう、だね。また学校の人に会わないとも限らないし」

「こんなの見られたら俺もう学校行けなくなるんだけど」

「その時は私が弁明に付き合ってあげる。色々あって助けてもらったってね」

「頼むわ、ほんと」

こればかりは間宮の力を借りるしかない案件だ。

間宮が言うのであれば文句があっても溜飲を下げてくれるだろう。

「……だから、帰るまでこのままでいいよね」

「子どもか」

「迷子にならないように見ててよ」

「我儘な上に図体ばかりでかくなった子どもって手に負えないよな」

「それ私のこと？」

「他に誰がいるんだよ」

目を眇めて間宮を見てやれば、「ひどいなあ」と口先だけを尖らせて抗議をされ、それがどうにもおかしく感じて軽く噴き出してしまった。

◆

藍坂くんと手を繋いだまま電車に乗り、家の玄関を潜ったところで、私は胸の奥から湧き上がってきた羞恥と寂しさに耐えかねて蹲る。そのまま顔を両手で覆いながら、自分らしくない選択を思い返していた。

「……ああ、もう、どうしちゃったんだろ、私」

しんとした家に広がる呟き。

ショッピングモールで見知らぬ男の人に囲まれて怖かったのは本当だ。直接手出しはされなかったけれど、そうなれば私程度の力では抵抗なんて意味はなく連れて行かれてしまう。

でも、彼らが見ていたのは外面だけ繕った私で、本当の私なんて必要とされていない。

見ず知らずの人から向けられた感情に揺さぶられてしまって、見ないふりをしていた寂しさを感じてしまい、それをどうにか紛らわしたかったのも事実。

そして――助けてくれたはずの藍坂くんも私の外面だけを見ていたんじゃないかと疑ってしまい、確かめるように帰り道は手を握って帰るように仕向けたのは私の弱さだ。

「……なのに、藍坂くんは仕方なさそうに結局最後まで手は繋いでくれて、ちょっぴり悔しさを感じながらも私は安心してた。……もう、本当にわかんないよ」

自分で自分の感情が理解できないほどに散らかっていた。

元はと言えば偶然にも私の秘密を見てしまった藍坂くんを脅迫し、秘密を守らせているだけの関係だ。藍坂くんをからかうのが面白いからことあるごとに絡んでいる、というのは否定しないけれど、だとしてもこんな感情を抱いてしまうのは絶対におかしい。

だって、藍坂くんは私のことなんて好きでもなんでもなくて、秘密を守って学校生活を脅かされないために私の無茶ぶりに付き合っているだけ。

本当の私を否定しないのはリスクマネジメントの賜物で、私を認めている訳じゃない。できることなら今すぐにでも関係を断ち切りたいと願っているはずなのに、藍坂くんはそんな私にも手を伸ばしてくれた。

何かしらの傷を抱えているにしては、藍坂くんは優しすぎる。

「恋愛感情なんて自分に都合のいい解釈での勘違いだから、きっとそうじゃない。友達としての延長線上で、藍坂くんは私を助けてくれただけ」

そう、納得したくて。

昔のことが、どうしても脳裏を過る。

中学生の頃、友達だと思っていた相手から謂れのない中傷や否定を受けて、私は本当の私を表に出すことをやめた。

誰にでも都合がよく、人当たりのいい優等生の仮面を被り、誰とも距離を置いて接するようになったのはそれからのこと。

そうすれば私も周りの人も傷つかない――そんな考えが甘いと気づいてからは、もう仕方ないんだと諦めた。

私の誰にでも平等に優しく接する態度に勘違いをした男子に何度も告白された。断ると不服そうに「あんなに優しくしてくれたじゃないか」なんて、自分に都合のいい解釈ばかりを私に押し付けた。普通にしていても、かっこいいなんて言われている同学年や先輩に好意を寄せられ、その人を好きな女子たちから目の敵のように今も警戒されている。

女子の社会は窮屈で油断がなく、息苦しさを覚えながら裏で策謀を巡らせている生活にはもううんざりだ。

私に誰かを射止めようとか、いい関係になりたいとかの考えがなくとも、周りに巻き込まれてはどうしようもない。

波風立てず平和的に解決しようにも、私の立場が邪魔をする。

「藍坂くんにあの写真を削除してほしいって打算があるのはわかるけど、それだけであんなことまでできる？」

当然のような顔をして絡んできた男たちの間に入り、私から助けを望むように手を取ったとしても、そのまま連れ出してくれるなんてさ。

藍坂くんの性格は基本的に温厚。争いを好まず、自分が介入するのも好まない日和見主義。消極的な態度が常で、いつも私が絡むと面倒そうにしていた。

それでいて今日のように大胆だったり、物怖じをしない言動もする。義理にしては自己犠牲精神が前に出過ぎている気がするけど、それで助かったのだから文句は言えない。むしろ感謝しているくらいだ。

普通の男子……あえて普通と括ったけれど、学校にいるほとんどの男子は優等生という仮面を被った私のことを少なからず意識する。だけど、藍坂くんに秘密を知られる前から、彼は私にそれほどの興味を抱いていなかったように思う。

精々が「クラスで成績が良くて多少可愛い女の子」という程度――これは藍坂くんが私を客観的に見て可愛いと言っていたからで――かもしれない。

まるで一般論のような評価だけど、藍坂くんは本当に私への興味が薄かった。

だからなのかわからないけれど、本当の私を知っても塩対応と呼ぶには優しすぎる反応しかしてこない。

言葉では嫌がっていても、本心から嫌がっていたのは喫茶店とアイスのときの二回だけ。しかも、その「嫌がっていた」は私に対してよりも藍坂くん自身の自己嫌悪的な側面が強いように感じられた。

私が原因なのは明白なのに、どこが藍坂くんにそういう感情を抱かせているのかが微妙に掴み切れない。

なのに、藍坂くんは一緒にいてくれて、私の相手をしてくれる。

「……それが居心地いいと感じる私も中々におかしいんだけどさ」

藍坂くんは本当の私を否定しない。

私が藍坂くんを脅迫していて、写真があるという前提があっても、彼の目に幻滅や嫌悪の色はなかった。面倒なことに巻き込まれたという意識や言葉ばかりで、私の傍にいてくれる。

秘密がある限り、藍坂くんは私を裏切れない。

そう、わかっているのに。

「ごめんね。私、やっぱり信じられない。どこまでいっても独りだから。信じることも、信じられることもわからないの」

人の感情は常に揺れて変動し続ける不確定で目に見えないもの。数字で測れるわけもなく、目視でその大きさや真実を知れるわけでもない。

だから数字と物で信じられる材料を作るしかない。

私が放課後、藍坂くんにしたように。

「ほんと、めんどくさい女だよね。こんなのが優等生なんて……みんな知ったらどんな反応するのかな。軽蔑はされそう。最低だって、嘘つきって」

乾いた笑いが漏れ出て、きゅっと胸が痛くなった。

でも、もし仮に。

本当の私を打ち明けたとき、藍坂くんはどう答えるのかと考えて。

「期待、してるの？　私が？　そんなの、赦されない。誰も赦してくれない。私は……孤独じゃないと、誰かを傷つけてしまうのに」

さっきまで繋がってた温度が消えた手のひらは自分のものとは信じられないほどに冷たくて。

心の芯まで、冷え切ってしまったような気がした。

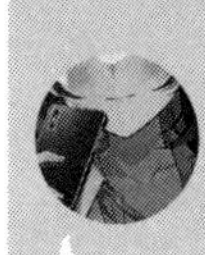

第6話　一番来てほしくなかった、心のどこかで待ちわびていた人の声

間宮と出かけた週末が明けての月曜日。

学校に行ったらナツに問い詰められるんだろうな、と憂鬱な気分を抱えながら教室に入れば、やはりと言うべきかナツが満面の笑みを浮かべながら近づいてくる。

「よう、秋人。朝からそんな顔してどうしたんだよ」

「お前が原因だってはっきり言ってやればいいか？」

「いつからそんな冷たくなったんだ。俺と秋人は心の友……魂で繋がったソウルメイトだろ？」

「気持ち悪い言い方をするな」

ナツの絡みを一蹴しつつ席につく。

隣では俺よりも早く登校していた間宮が静かに本を読んでいた。俺が来たことに気づいたのか、間宮は一瞬だけ本から視線を離して俺の存在を確認し――さっと何事もなかったかのように意識を本へと引き戻す。

機嫌でも悪いのか？

間宮の秘密を知る前も知ってからも「おはようございます」と丁寧に挨拶をしてくれたのだ

が、今日はそうじゃないらしい。秘密を知ってからなんて俺をからかうように悪戯の一つや二つを仕掛けられ、朝から疲れる羽目になっていたというのに。

ナツがいるから……というのは関係ない気がする。

それなら優等生としての表情で接すればいいだけの話だ。

「間宮、おはよ」

俺の方から声をかけてみれば間宮は驚いたのか肩を僅かに跳ねさせ、軋むような動作でどこかぎこちない笑顔を向けてくる。

「……おはようございます」

素とも、優等生とも判別がつかない曇った表情は、どうにも間宮らしくない。

それでも間宮は絞り出すように返事をすると、逃げるように本を読み始めた。

肩をとんとんと軽く叩かれて、耳元でナツが囁く。

「なに？　お前ら別れたの？」

「別れる前に付き合ってすらいない」

視線と共に釘を刺すと、ナツは両手を合わせて平謝りの姿勢を取る。詮索したのを悪いと思っているわけではなく、この場で話をしようとしたことに謝っているだけだ。

どうせ話せるときは聞き出そうとしてくるに違いない。

「でもよ、明らかに不自然だろ」

「……俺が気にすることじゃない。本人にも色々あるだろうし」

「そうやって壁を作るから友達できないんだぞ」

「必要だと思ってない」

「俺のことも？」

「お前はもう勝手についてくるだろ」

「よくわかってらっしゃる」

ナツが俺に絡んできた理由は「面白(おもしろ)そうなやつを見つけたから」という、要領を得ないものだった。俺は面白おかしい性格も言動もしていないはずだが、ナツからすると普通にしていて面白いらしい。

そんなわけで俺はナツに絡まれ続け……根負けした結果、今のような関係に落ち着いている。

ナツは友達で、信用できる数少ない相手だ。

だから過去のことも話したけれど、それでもナツは俺との関係を切ろうとしない。

俺には勿体(もったい)ないくらい良い男だ。

調子のいい言動を除けば、ほんとに。

「あの日の秋人と間宮はなんだったんだ？」

「友達ってことでいいんじゃないのか？　というかそういうことにしてくれ。色々あったんだよ。訊(き)くな」

「へーい。意外も意外だな。秋人が間宮と接点があったなんて」

「家が近かったんだよ。その都合で時々話すだけだ」

「そりゃまた間宮を好きな連中が聞いたら羨ましがるようなシチュエーションだな。刺されないように気を付けろよ？」

刺されないようにってどうしろというのか。

それからは週末の出来事と全く関係のない話題で雑談をしていると、ホームルーム開始の予鈴が鳴った。

ナツは席に戻り、担任によるホームルームが始まった。

◆

ああ、やっぱりダメだった。

妙に藍坂くんのことを意識してしまって、ぎこちない対応になってしまう。学校では誰にでも平等に優しい優等生でなければならないのに。

結局、藍坂くんに聞きたかったことも聞けないまま数日が過ぎてしまって。

「……またかあ」

朝。登校して外靴を下駄箱にしまうとき、中に何かが入っているのに気づいた。

横長の白い四角の封筒……手紙みたいだ。ラブレターは珍しいものではないけれど、誰に告白されても答えは決まっている。

私はその手紙を鞄にさっとしまってトイレへ。さっきの手紙を取り出し、封を開けて三つ折りにされていた手紙を開く。

どうせ『好きだ』とか『付き合ってほしい』とか、そんな感じの言葉が書いてあるだけ——そう高を括っていた私は印字で綴られた文章を読んで頭が冷え切り、紙の下に印刷されていたものに目が釘付けになった。

衝撃のあまり力が抜けて落としかけた手紙を両手で支え、その内容に何度も何度も目を通し、間違いではないことを確認する。

手紙には『間宮さんの秘密を知っている』という印刷された文字列と、藍坂くんしか知らないはずの私の裏アカ……そのプロフィール画面が印刷されていた。

どうにか動揺を押し殺しながらその日を乗り切り、家に帰るなり着替えもしないままベッドへと飛び込んだ。不安と恐怖を紛らわすべくサメのぬいぐるみを抱きながら、私は頭の片隅に辛うじて残った冷静な部分であの手紙のことを考える。

誰かに知られてしまった裏アカの秘密。その流出先を考えて——

「……藍坂くんがバラした？」

真っ先に浮かんだのは、秘密を共有する共犯者とでも呼ぶべき藍坂くん。

なにせ、私がこの秘密を教えているのは藍坂くんしかいない。でも、その可能性は限りなく低いだろうと否定する。ゼロではないが、藍坂くんにとってメリットがなさすぎる。

「なら、誰が？」

思考を巡らせながら、関(かか)わりのあった学校の人の顔を頭の中に浮かべていく。

クラスメイト、同学年の人、先輩、先生……ダメだ候補が多すぎる。先生はともかく、生徒からこんなことをされる心当たりは十分にある。

告白を断った男子からの逆恨み、わけのわからない理由による嫌がらせ。考えるだけで嫌になる。

送り主が藍坂くんではないのなら、秘密を知ったのは偶然だろう。でも、直接言う勇気はなく、手紙での接触に留(とど)める慎重な人。臆病(おくびょう)と呼んだ方がいいかもしれない。

しかも、手紙には要求が書いていなかった。私の弱みを握っているのなら、なにかさせたいことの一つや二つくらいあるだろうに。そこも妙と言えば妙だ。

完全に嫌がらせ目的で、あえて要求を書くことなく私が不安がる姿を見たい……なんて考えなのだとしたら、送り主は相当に性格が悪い。

「わからないことだらけかあ。文字も印刷だから筆跡であたりをつけるのも無理だし、心当たりが多すぎる。相談できる相手もいないし」

藍坂くんと一方的にギクシャクしたままじゃなかったら、話を聞いてもらうくらいはできたかもしれない。でも、そのために踏み込む勇気もなかった。推定無罪とはいえ、藍坂くんが最有力候補であることには変わらない。

となると……相手の出方を待つしかなさそう。

「過度な反応はしないように、かな。気にしてるって思われるのが一番厄介。いつものように隙を見せず、無関係を装う。そしたら痺れを切らして次のアクションがあるだろうし」

当面の行動方針は固まった。学校での写真撮影も控えよう。藍坂くんと話すのは……これが解決したらになるかな。

できるなら早いうちに仲直りしておきたかった。余計な疑いを持たずに済むし、私だって藍坂くんを疑いたいわけじゃない。

それにしても――手紙の送り主は一体どこで私の秘密を知ったのかな？

翌日からの学校生活は、これまでよりもいっそう気を引き締めるようになった。

私の動向に注目している人を頭の中でリストアップしつつ、普段通りに振る舞うのは神経を消耗する。帰るとぐったりしてしまって、夕食を作る気力も湧かない。

藍坂くんと話すこともなくなった。事務的な話はしたけど、私的なものは一切ない。

私の冷たいとも取れる態度に何かを感じたのか、藍坂くんから話してくることもなかった。

けれど、普段の私を心配するような目を見ている限り、犯人は藍坂くんではない気がする。私がそう思いたいだけかもしれないけど、少し気持ちが楽になった。

変化があったのは三日後。再び登校した私の下駄箱に、一通の手紙が入っていた。

私は前のようにトイレでそれを開けて中身へ目を通し――深いため息をついてしまう。

手紙には『毎日見てるよ』という簡素な一文と、隠し撮りした写真が添付されている。

『毎日見ている』とわざわざ伝えるってことは、恐らく私のことが好き、あるいは好きだった誰かなのだろう。相当に歪んでいるけど。

写真の方はモノクロ。スマホで撮ったのだろうか。私がクラスメイトと話す横顔が後方から撮られているようだ。しかも、幸運なことに私の隣に藍坂くんがちらっと写っている。

この時点で私の中で藍坂くんが完全に犯人から除外された。文面の時点で藍坂くんは限りなく白だったけど、これで晴れて無罪放免。いやまあ、誰かと共謀していたらわからないけど。そういうことができる人じゃないのは短いながらも濃い付き合いの中でわかっている。藍坂くんは私に異性としての興味がない。少しは気にしてくれているっぽいけど、あくまで友達の範疇を出ないもの。

つまり、ある程度絞れた。

「……ああ、これ、逆恨みかな。多分クラスメイトの男子。告白したけど振られた腹いせに――みたいな？　執着心が滲んでる。思い込みも酷いね。ストーカーまがいのことをするってことは目立たない人……じゃないかな」

声量を抑えた独り言を連ねながら思考を整理。さほどズレてなさそう。

その推測を元に最有力候補となるクラスメイトから目立たない方に属する人の顔を並べて、過去に私に告白してきた人という条件で一旦絞る。この時点で片手が空いた。でも、これ以上は情報がなくて難しい。

でも、進歩だ。問題があるとすれば、こっちからは接触ができないことか。どうにか表の場に引きずり出したいところだけど——

「犯人が姿を見せたくなるようにすればいい、かな。リスクはあるけど、それが一番手っ取り早そうだし。私もそろそろうんざりしてきたし。ほんと、楽じゃないなあ……誰にでも都合のいい優等生って」

私が優等生を演じているのは消極的な選択。

好きで素の自分を隠しているわけじゃない。

でも、そうするしかなかった。そうしても前と変わらないことが起こってるのは皮肉が効きすぎているけど。

ともかく、やることは決まった。私を餌に犯人を呼び出そう。

こういう手合いは私と同じで、自分が認められることに飢えているはずだから。

その日は普段通りに過ごして、帰り際に一つ犯人への置き土産を用意して帰った。

――私の下駄箱に置いておいた犯人あての手紙。

内容は簡潔に、『これを貴方が受け取った翌日、放課後に空き教室で待っています』というだけのもの。

これで犯人が釣れればそれでよし。釣れなくても何かしらのリアクションが返ってくるはず。

私からの接触は警戒されていそうだけど、翌日、またしても下駄箱に手紙が入っていた。

焦る気持ちを抑えながら、トイレで手紙を開く。すると、そこには『やっと応えてくれるんだね、間宮さん』と印字がされていて――

「……ちょっと愛が重すぎるんじゃないの？」

何十枚もの現像された隠し撮り写真が入っていて、背筋に寒気が走った。

これは本気でちょっとアレかもしれない。身の危険というか、気味悪さを感じてしまう。

長期的に私のことを隠し撮りしていたのだろう。写真には夏服のものまで交ざっている。

つまり、犯人は夏以前に私へ告白し、振られて、そこから隠し撮りを始め、最近になって私の秘密を知ったのではないだろうか。

「失敗したなあ。どこで知られたんだろ。裏アカなんて言葉を出す機会なんて一人の時はなかったから、多分藍坂くんと知り合ってからかな。不用心を悔いてもしょうがないか」

せっかく摑んだ尻尾を逃す手はない。

緊張と、不安と、犯人に対する対応策を頭の中で巡らせながら、表情を作り直して教室へ戻っていった。

放課後になって、私は指定した通りに犯人を空き教室で待つことにした。

時間まであと五分と少し。短いとも長いとも言えない中途半端な時間が、真綿で首を絞めるようになくなっていく。

落ち着かないけど耐えるしかない。対策も十分とは言い難いし、犯人の出方次第では無に帰す可能性だってある。

私は不安を紛らわすように深呼吸をして、窓ガラスに映る自分の姿を見た。

どこか強張りの残る表情。もしかして、今日一日ずっとこの調子だったのだろうか。クラスメイトには不審がられていたかもしれない。

「……楽じゃないね、ほんとに」

自嘲気味な呟きが漏れて、窓ガラスの向こうで私が困ったように苦笑していた。

それから、窓のロックを開けてベランダに出られるようにしておく。もしもの時の脱出経路に使うためだ。ベランダは外階段と繋がっているから、教室の扉を塞がれてもこっちから出ればいい。

後は――と考え、最後の手段として一人の連絡先を開いていた。藍坂くんだ。本当にダメそうなら、藍坂くんにも協力してもらおうと考えていた。

どこにいて、今すぐ来てほしいという旨のメッセージを打ち込んでおいて、送信するだけの状態にしておく。ギクシャクしたままじゃなかったら事情を話して協力してもらえていたのかもしれないけど、許してほしい。

来てくれるかは賭けだけど、藍坂くんなら無視しないと思う。優しさに付け込むようで悪いけど、状況が状況だ。手札は多い方がいい。

そして、念のため録音機能も起動しておいて──私にできるのはこのくらいかな。

後は余裕そうな笑顔を作って犯人を迎えよう。

束の間、後ろで教室の扉が開いた。緊張からか心臓がどくん、と大きく跳ねて、はやる気持ちを抑えながらゆっくりと振り返る。

「……内海さん、貴方だったのですね」

そこにいたのは私が絞り込んだうちの一人、目立たないクラスメイトの男子だった。

彼は自分の名前を呼ばれたことに反応して、安堵と喜色と、そこはかとない不気味さを湛えた笑顔を向けてくる。

「僕のこと、覚えていてくれたんだね。間宮さん。嬉しいなあ」

「クラスメイトの顔と名前は全員覚えていますから」

彼──内海慎二さんは写真部に所属するクラスメイトの男子生徒で、以前私に想いを伝えてくれたものの丁重に断った相手でもある。角が立つような断り方をした覚えはないけど……それは断った側が言うことではないのかもしれない。

　過程はどうあれ、自分の好意が蔑ろにされたと勘違いされればそれまで。

「先に一つ、聞いてもいいですか」

「うん、何でも聞いてよ」

「どこで私の秘密を――裏アカのことを知ったのですか」

　ここは先に聞かなければならなかった。漏れる口は私と藍坂くんしかない以上、誤魔化しようがない。それなら、いつ知られたのかを把握するのが先だ。

　返事はすぐにあった。

「つい最近だよ。いつものように間宮さんの写真を撮ろうとしていたら、藍坂くんが間宮さんと教室で話しているのが聞こえて、その時にね。探すのは苦労したけど、僕だから間宮さんを見つけられたんだ」

　そこで彼はスマホを操作して、画面を私に見せてくる。映っていたのは私が裏アカ女子として写真を投稿していたアカウント。

　さっと身体から温度が消えていく感覚があった。

　迂闊だった。一人にバレたなら二人目がいても不思議じゃないのに、藍坂くんだけだと無意識に決めつけてしまった。

これは私のミスだ。取り返せないタイプの、痛恨のミス。

それに……『いつものように間宮さんの写真を撮ろうとしていた』？　隠し撮りは推測通り長期的かつ当たり前に行われていたらしい。全然気づかなかった。

「顔が見えなくても僕にはわかるよ。この脚のラインとか、タイツのデニール数とか、スカートの生地の感じとか――僕が毎日撮っていた間宮さんの写真と同じなんだから」

自慢気に、恍惚(こうこつ)とした表情で語る彼。

ぞわりと、嫌な震えが背を駆けあがった。

動揺を表に出さないよう気丈に、冷静に振る舞うことを意識していると、

「間宮さんは藍坂くんに脅されているんだよね」

「……なんのことですか」

「裏アカの秘密を知った藍坂くんは間宮さんを脅して、あんなエッチな写真を撮ってるんだよね。辛(つら)かったよね、怖かったよね。でも、もう大丈夫。僕がいるから。僕が藍坂くんを説得して、間宮さんと関わらないようにさせるから」

内海さんは私の話に耳を傾(かたむ)けるでもなく、ただ自分の世界に没頭してうわ言のように言葉を連ねている。ちょっと……いや、結構怖い。

「違います。藍坂くんを脅しているのは私の方です」

「……嘘(うそ)をつかないと藍坂くんに何かされるんだよね。ごめんね間宮さん。でも、僕はあんな

男とは違うんだ。僕は心の底から間宮さんのことが好きなんだ……っ！」

演者のように大袈裟な手振りで内海さんは答え、私へいつかも伝えた『好き』を口にする。

けれど、私が一度断った彼の『好き』は、こんなにドロドロとしていなかった。

もっと真っすぐな感情だったはず。

――それを歪めてしまったのは、私のせい？

胃から酸っぱいものがせりあがってくる感覚がある。視界がゆっくりと回り始めて、背中にじっとりとした汗が滲んだ。呼吸が僅かに乱れ始め、手足が意思とは関係なく震えてしまう。

それでも、聞かなければならなかった。

「……内海さんは、私を好きだから隠し撮りを――嫌がらせをしていたのですか？」

絞り出すようにした言葉が教室に広がって。

内海さんは何を言われているのかわからないといった風に首を傾げた。

「嫌がらせ？　これは違うよ。僕はただ間宮さんを守りたくて、僕のものなんだってアピールするために写真を送り続けたんだ。全部よく撮れてたでしょ？　僕はいつだって間宮さんのことを見ているんだから当然だよね」

平然と言ってのけた彼のそれに、酷い寒気がした。

話が根本的にかみ合わない。

生きている世界がズレているのではないかと感じるほどに、私と彼の溝は深かった。

「だから、間宮さん」

彼が近づいてくる。

着実に迫る足音。

私はそれに合わせて下がる。

「僕は間宮さんのことが好きなんだ」

「……その好きには応えられません」

距離は変わらず、緊張感だけが高まっていく。

「どうして？　やっぱり藍坂くんに脅されて――」

「違います。彼は友達です」

「じゃあ、僕と付き合ってよ」

「それとこれとは話が別です。第一、私は内海さんのことを恋愛感情的な意味で好きではありません」

ぴたり、と彼の足取りが止まる。

彼の表情には困惑が浮かんでいた。

ああ、ようやくわかってくれたんだ、と僅かな安堵が湧いて。

「――でも、こんなのバレたら困るのは間宮さんだよね」

その考えは一瞬で霧散した。

私の裏アカを見せつけながら彼は迫って――否、脅しをかけてくる。

「……何が言いたいのですか」

「バラされたくなかったら僕だけの間宮さんになってよ」

彼は薄気味悪い笑みを浮かべながら、私に再度迫ってくる。

私は後ろへ、後ろへ下がって――壁に背中がついてしまう。

正面には彼の顔。

視線が制服を押し上げる胸や腰回り、脚などへ巡らされていることに気づく。

でも、私はここから逃げられない。彼に秘密を握られている以上、私は彼に逆らえない。

もしも彼が秘密を明かせば、私だけでなく藍坂くんまで被害を受ける可能性がある。

それだけは絶対に、ダメだ。

確保した逃走経路は無意味になった。誤解を解いて説得できる気がしない。私の話を聞き入れる意思がないからだ。

だとしたら取れる選択肢は一つ――後ろ手で藍坂くんに用意していたメッセージを送信しようとして、寸前のところで留まる。

藍坂くんの優しさに付け込むのは、私が中学時代にされたことと同じだ。そんなの、できるわけがない。都合よく藍坂くんを扱おうとしていた自分が許せなくなる。

震える手でスマホをポケットにしまって、覚悟を決めるように一呼吸おいてから、

「……好きにしてください」

無抵抗を示すように、私は脱力したまま彼を見る。

極度の緊張と恐怖を優等生の仮面で覆い隠す。

だってそれが、彼が私に求めている姿だから。

毎日やってきたこと──そのはずなのに、こんなに胸が痛むのはなぜだろう。

「僕のものになってくれる気になったの？」

「…………」

「だんまりかあ。でも、嬉しいな。間宮さんは僕だけのもの。僕だけの間宮さん。もう大丈夫だよ。あんな男に脅されてやっていたことなんだから、間宮さんは何も悪くないんだ」

違う。裏アカは私の意思で、藍坂くんを脅したのは私だ。

全部、悪いのは私。責任を負うのも私だけでいい。

彼の腕が私の肩に伸びてくる。

制服の上から指で腕のラインに沿ってなぞられ、喉の奥から自分のものとは信じられない細い悲鳴が漏れ出た。身体が恐怖と気持ち悪さに耐えかねて硬くなり、動かせない。

そんな私の震える心を無視して、彼は私に抱き着こうとして──

「──やめ、て」

辛うじて溢れたのは拒絶の言葉だった。

　しかし、それは彼に届いた――届いてしまったようで、一瞬だけきょとんと目を丸くしてから、

「どうして？　どうして、どうして、どうしてどうしてどうして！！！　間宮さんは僕のものなのに、どうして断るのさっ⁉」

「ひゃっ――」

　力任せに引き寄せられ、両肩が強く摑まれる。

　呼吸のたびに荒くなった息がかかり、好意というラベルを貼った独占欲とか執着心と呼ぶべきものを間近に感じて震えが走る。

「間宮さんっ、僕はこんなに好きなのにっ!!　間宮さんだって僕のことを本当は好きなはずなのにっ!!」

「ごめ……ん、なさい……っ」

「だってあんなに間宮さんは僕に優しくしてくれて、笑ってくれて、それなら僕のことだって好きなはずで――」

　勘違いだ。

　その私の心境を代弁するかのように、閉め切られていた扉が開いて。

「――人の気持ちも聞かずに強引な手段で迫るのは感心しないな」

　一番来てほしくなかった、心のどこかで待ちわびていた人の声が、遠くなりつつあった私の

耳に届いた。

◆

学校でもメッセージでもやり取りをしなくなってから、間宮の様子が目に見えておかしくなったように感じた。

緊張の糸を張っているような雰囲気に違和感を覚えたものの、原因が俺なのではと考えると聞き出す勇気が出なかった。

しかも、それは一週間以上に亘って続き――今日は他者を寄せ付けない雰囲気を漂わせている。クラスメイトも薄々察しているようで、積極的に間宮と話そうとする人はいない。

昼休みになると間宮は教室からいなくなって、入れ替わるようにナツが弁当を持ってやってくる。

「一緒に食おうぜ」

「いいけど」

「浮かない顔だな。間宮と喧嘩(けんか)でもしたか?」

「してない。もう何日も話してないからな」

正面に座って弁当の包みを開けつつ訊(き)いてくるナツに言えば、驚いたように手を止めて顔を

上げ、

「ご愁傷様です」

沈痛な面持ちで俺に向かって手を合わせてくる。ご愁傷様、なんて言われるようなことはしていない……はず。

間宮は俺に遠慮しないだろう。

「……一週間くらい前からかな。間宮の様子がおかしいんだ」

「それは俺も気づいてる。てか、もうクラスのやつらは全員わかってるんじゃないか？」

「俺、何かしたのかな」

「違うんじゃないか？　間宮はあれで言いたいことは正直に伝えるタイプだ。場所と言葉は選ぶけどな。それに、秋人は間宮に……女の子相手に嫌なことはしないだろ？　優しいからな」

ナツは推測を述べながら弁当の包みを開けて、流れるように「いただきます」と口にしてから食べ始めた。

人の機微を敏感に察知するナツが言うのであればそうなのかもしれないが……だとしても男友達に『優しい』と評価されるのはむず痒（がゆ）いものがある。

「……色々言いたいことはあるけど、ひとまず置いとく。原因とかわかるか？」

「んや、わからん。そもそも秋人がわからないのに俺がわかるわけないだろ」

「なんでだよ」

「間宮の一番近くにいたのが秋人だからだよ」

　びし、と人差し指を向けられて、喉が詰まる。

　一番近くにいたのが……俺？

　そんな自覚はなかったけど、間宮との関係性を思い返せばそうなのかもしれない。

　俺は間宮の秘密を知ってしまい、それをきっかけとして少しずつ距離感が近づいていた。

　間宮が優等生の仮面を被っていて、素の彼女がどこにでもいるような普通の女子高生なのを知るのは、きっと俺だけだろう。

　でも、それなら。

　間宮が俺を遠ざけ、様子がおかしくなっていた原因は何なのだろう。

「どうしても知りたいなら本人に聞けばいいいんじゃないか？　秋人が原因じゃないのなら答えてくれそうだけど」

「簡単に言うな。もう一週間以上も話してないから、どう話題を切り出したらいいのかわからないんだよ」

「……秋人には厳しいことを言ったな。すまん」

「謝るな。気にしてなかったのに空しくなる」

　俺は一人の友達として、間宮の様子がおかしい原因を知りたいだけだ。

　でも、ナツの言うことも一理ある。お互い黙っているだけでは何もわからない。

　この微妙な空気感を続けるのも、そろそろ限界だった。

「もし秋人が間宮と仲直りしたいなら早いうちにしとけよ？　こういうのは長引くとズルズル先延ばしになるからさ」

「……そう、だな。ありがとう」

「礼はラーメン一杯奢りでいいぜ」

「いいけどさ、別に」

　ナツに相談できて気持ちが楽になったし、決心もついた。

　帰る前に間宮と話そうと心に決めながら午後の授業を過ごして、放課後。

「――間宮、少し話が……」

　声をかけたが、間宮は聞こえていないのか席を立って教室を出ていく。その背中がいつもより小さく見えたのは気のせいだろうか。

　間宮の荷物は残ったままだから、待っていれば戻ってくるだろう。それまで課題でもして時間を潰すことにした。

　手を付けて十分ほど経ったものの、まるで間宮が帰ってくる気配がなかった。休憩がてらトイレにでも行こうと席を立つと、腰が間宮の机にぶつかった。

　その衝撃で揺れた机の中から一枚の折り畳まれた紙と、何十枚もの写真が零れ出た。

　床に落ちたそれらを拾うと、全部の写真に間宮が写っていることに気づく。しかも、自撮りではなさそうな角度からのものばかり。

「間宮の写真……？　どうしてこんなものが」

間宮に自分の写真を何枚も持ち歩く趣味があるとは思えない。誰かに見られればナルシストなんて疑われかねないし、それは優等生のイメージを損ねることにも繋がる。

疑問はしかし、もう一枚の紙を見たことで氷解した。

紙に印刷されていたのは『やっと応えてくれるんだね、間宮さん』という薄気味悪い文章。

「……まさか」

改めて写真を確かめる。やっぱりだ。全部、隠し撮りのような角度から撮られていた。

二つの材料から連想されたストーカーという言葉。

間宮はここ最近、ストーカー被害に遭っていたのではないだろうか。

そう考えれば様子がおかしかったのも納得できる。

なら、今、間宮はどこにいる――？

「くそっ」

気づかなかった自分の鈍感さが嫌になる。

間宮のことだ、犯人に接触して説得しよう――なんて考えているに違いない。

俺に話さなかったのは巻き込みたくなかったからか。こんなときまで優等生じゃなくていいだろ。いつもはあんなに強引な手口で引っ張る癖に。

こうなったら雰囲気がどうとか言ってる場合じゃない。スマホを取り出し、間宮に「どこにいる」とメッセージを送る。

返信を待つ間に俺は紙を畳んで写真と一緒にポケットへ突っ込み、教室を出た。

間宮を捜さないと。場所がわからない。怪しい場所をしらみつぶしに捜す必要がある。

ストーカーの犯人も間宮も目立つ場所は避けるはず。

初めに向かったのは体育館裏。密会するには絶好のポイントだが、そこに間宮の姿はない。

はずれか、と歯噛(はが)みしつつ、一度スマホを確認。折り返しの連絡はなかった。もしかすると連絡できる状況じゃないのかもしれない。

それならと次に向かったのは外の非常階段。人目に付きにくいからと来てみたが、ここもはずれだった。変わらず連絡もない。

「他の場所……どこだ？　まだ捜していない、人気の少ない場所――」

間宮は荷物を残して消えたことから、学校の外には出ていないはず。となれば、必然的に学校の敷地内。人がいる場所を除いて残るのは――

「……空き教室か？」

推測を頼りに、校舎内の空き教室へ向かう。数はそう多くない。一学年に精々(せいぜい)二つ。まずは一年の教室が並ぶ端にある空き教室を調べるも、埃(ほこり)っぽい空気が迎えるだけ。

焦燥感で余裕がなくなる。早く見つけないと――と思いながら、反対側にある空き教室に辿（たど）り着くと、中から声が聞こえて手を止めた。

『――やめ、て』

『どうして？　どうして、どうして、どうしてどうしてどうして！！！　間宮さんは僕のものなのに、どうして断るのさっ⁉』

『ひゃっ――』

空き教室から聞こえたのは、紛れもなく間宮の声だった。もう一つの男の声は……誰だろう。声だけではわからない。

男の方がストーカーの犯人か？　声の調子的に間宮は嫌がっていそうだ。

『間宮さんっ、僕はこんなに好きなのにっ‼　間宮さんだって僕のことを本当は好きなはずなのにっ‼』

男の言葉を聞いて、ぴたりと手が止まる。

酷い決めつけだ。

どうしてそこまで自信を持てるのか、俺には理解できそうにない。

もしも彼が本当にストーカーの犯人なら、そんなことをする人が誰かに好きになってもらえるはずがないのに。

頭の奥が冷えて、冷静なまま熱い感情が湧いてきた。

俺は間宮のことが好きなわけじゃない。でも、好意を押し付けるのは違うと俺にでもわかる。

『ごめ……ん、なさい……っ』

『だってあんなに間宮さんは僕に優しくしてくれて、笑ってくれて、それなら僕のことだって好きなはずで――』

瞬間、俺は扉を開けた。

空き教室にいたのは予想通り間宮と、確か内海という名前のクラスメイト。

その内海が、間宮の肩を強く摑んでいた。

二人は俺の方へと視線を向ける。内海の呆気にとられたような目と、間宮の潤んだ瞳。

「――人の気持ちも聞かずに強引な手段で迫るのは感心しないな」

俺は内海が犯人だとあたりをつけて、あえて強い口調を意識して言った。

「……藍坂くん」

「自己紹介の手間が省けて嬉しいよ。俺は藍坂秋人。そういうお前は内海愼二で合ってるよな」

「……何の用？　僕は今、間宮さんと大事な話をしてたんだけど」

「そんなに強く肩を摑んでするんだから、よっぽど大事な話なんだろうな。でも、とりあえずー――」

俺は空き教室に入る前から用意していたスマホを取り出し、素早く二人の姿をカメラに収めてシャッターを切る。今しがた撮った写真を確認しつつ、これなら彼が間宮を襲っていた、なんて証拠としては十分だろうと見せつけた。

「お互い落ち着くってのはどうだ？　状況証拠じゃあ、お前が間宮を襲ってたようにしか見えないぞ」

「違うっ、僕は——」

内海は俺という第三者が介入し、不利な証拠を握られたことで冷静さを取り戻したのか、間宮を手放して身振り手振りで自分の無実を証明しようとしていた。

だけど、そんなものに意味はない。

内海の拘束から解放された間宮は乱れた呼吸を整え、隠れるように俺の後ろに回って制服の裾を摑んでくる。

「……どうして来たの」

「偶然、間宮の机にぶつかったら中からこんなものが出てきた」

内海にも聞かせるように、ポケットに入れていた紙と写真を取り出す。間宮はバツが悪そうに視線を逸らした。

「内海、これの送り主はお前だな」

「……だったらなんだよ。僕は藍坂くんから間宮さんを守るために——」

「ストーカーをしておいてよく言うよ。隠し撮りもか？　ああ、さっきのは暴力にカウントしてもいいよな」

「……っ」

　整然と内海がしていたことを並べると、彼は唇を噛んで押し黙った。図星らしいな。判断が楽で助かる。

「……でも、間宮さんを脅していたのは藍坂くんもじゃないか」

「は？」

「そうだろうっ⁉　間宮さんの裏アカを知って、脅してエッチな写真を撮っていたんだろっ⁉最低なのはどっちだ！」

　糾弾するような、悲鳴にも似た声。

　意味不明なことを言っているが、お陰で状況が読めてきた。

　内海は間宮の裏アカという秘密をどこかで知って、隠し撮り写真と一緒に脅すことで関係を迫っていたのだろう。やることが陰湿だな。どうせ秘密を知らなければ動こうともしなかったはずだ。

　それにしても、俺が間宮を脅してエッチな写真を撮っていた……ねえ。真実は全く逆と言っても、内海は聞く耳を持たないだろうな。

　本人曰く、間宮のことが好きみたいだし。

「間宮、油断したな」

「うるさい」

おいこら背中を小突くんじゃない。危ないところを助けたのに、その仕打ちはないだろ。

だが、間宮が俺の傍（そば）を離れようとしないことに内海は何かを感じ取ったのか、

「……僕の方が間宮さんを好きなのに。こんなにこんなに、好きなのにっ!!」

両拳（こぶし）を固く握りしめながら、怒りを露（あら）わにして叫ぶ。

安易に殴り掛かってこなくて助かったと安心しつつ、言葉と行動の乖離（かいり）にどうしても引っ掛かりを覚えてしまう。

好きな人を脅して自分のものにしようなんて、どう考えても好きという感情からは遠ざかっているように思える。

独占欲や執着心と呼ぶべき感情。

人間ならある程度は仕方ないとはいえ、度が過ぎているのではないだろうか。

「好きなら相応の態度ってものがあるだろ」

「なんだよ、なんなんだよっ!?　いきなり出てきて彼氏面かよっ!?　そうやって僕のことを内心笑ってるんだろっ!!」

「違う。俺と間宮は付き合ってすらいなければ、恋愛感情的な好きも持ち合わせていない。ただの友達だ」

「口ではなんとでも言えるっ!!」

「俺が何言っても無駄だな」

埒が明かないからと話を視線で間宮に振る。ほんのわずかに考える時間をおいてから、

「……私と藍坂くんはただの友達です。そして、内海さんの行いは間違ってても好きな人にするようなものではないとも思います」

淡々とした口調で告げれば、内海は「嘘だ」と言葉を零した。

だが、認めたくないのか激しく首を振って、

「違うっ！　僕と間宮さんは互いの愛を確かめ合っていただけで——」

「……そうするしかありませんでした。大人しく従わないと何をされるかわからなかったので」

「だそうだ」

声を震わせながら間宮は答える。演技を疑ってしまうものの、不自然さはない。

内海ははっきり拒絶されたのが余程ショックだったのか、天井を呆然と見上げていた。

間宮はぴったりと俺の背中に手を当てて支えにしながら、涙で濡れた瞳で内海を映す。

「……どうして。僕はこんなに間宮さんのことが好きなのに」

「好きならやり方を間違えるなよ。お前がやっていたのはストーカーと脅迫。場合によっては警察沙汰もあり得るんだぞ」

「……僕は間宮さんに振り向いてもらいたかったんだ。間宮さんだけは僕みたいな陰キャにも「おはよう」って言ってくれて、優しく笑ってくれて、だから、だから——」

内海は膝から崩れ、喉を鳴らしながら溢れた涙を袖で拭う。

……なんだよ、それ。

結局、お前が間宮に自分の理想を押し付けていただけじゃないか。

自分勝手に間宮を振り回して、好意とは名ばかりの醜い欲求だけを一方的にぶつけて、それのどこが「好き」なんだよ。

「――ごめんなさい、内海さん。やっぱり私は、貴方の気持ちには応えられません」

後ろにいたはずの間宮が、彼へ歩み寄りながら静かに言葉をかける。

俺は危ないからと止めに入ろうとするも、間宮が振り返って「大丈夫」と口の動きだけで伝えてきたので仕方なく留まった。

だけど、何かあった時のために動けるように心の用意だけはしておく。

「これは貴方のことが嫌いだからではなく、私自身の問題です。以前内海さんから告白されたときも、同じように返答をしたはずです」

「……でも、それは断るための方便だと」

「違います。告白に嘘を返すのは、失礼を通り越して侮辱でしょう。こればかりは信じていただくしかありません」

彼は明らかに間宮の言動に困惑していた。さっきまで半ば強引に肩を掴んでいた男に向けるような態度ではなく、少しだけ残念そうな雰囲気を漂わせる優等生の姿。

間宮は彼の歪んでしまった好意も受け止めている。それが内海には理解不能なのだろう。

「自分がしてしまったことを理解した今なら、尚更。

「ですから、どうか自分を見失わないでください。その時になってからでは遅いです。私のように戻れなくなってしまいますから」

「……っ、なら、僕は間宮さんのことを好きでいてもいいんですか」

「返事は変わらないかもしれませんが、それでもよければ」

最後に間宮は微笑んでくるりと俺の方へと振り返る。おいやめろ「これでいいでしょ？」みたいな雰囲気を出すんじゃない。

まだやるべきことは残っている。

「内海、俺から一つ提案がある」

「………………」

「今日のこと、俺も間宮も他へ公言しないと約束する。もちろん警察沙汰もなしだ。だから、内海も知ったことを公言しないと約束してくれ」

俺と間宮の関係も、内海がしたことも、この場で収めるのであれば三人の名誉と学校生活が守られる。内海だって警察のお世話になりたいわけではないだろう。

そして、秘密がバレて困るのは俺たちも同じ。

「……でも、僕は間宮さんを傷つけてしまった」

「らしいけど、どうなんだよ」

内海の呟きへの返答は間宮に丸投げした。

「まあ、いいんじゃない？　誰にでも間違いはあるってことで」

優等生の仮面を外した、気楽な口調で間宮は言う。内海は目を丸くして、ぱちくりと瞬きを繰り返していた。

「……えっと、間宮さん？」

「ん？　ああ、口調のこと？　こっちが私の素。学校のは多少作ってるの」

「多少ってレベルじゃないだろ」

「それはいいの。それで、どうかな。私は秘密にしてもらえるならいいけれど」

あざとく片目を瞑って内海に間宮が言えば、彼は困惑したままではあったが俯きがちに視線を右往左往させて、最終的には頷いた。

彼の中で秘密をバラすメリットとデメリットの天秤がこちら側に傾いたのだろう。それに加えて間宮は普段見せることのない素を内海に見せることで、特別感もプラスして演出している。

怖いくらいに計算高い演出だ。

自分が好きな人が自分に秘密を明かした――その優越感は彼にとって相当な価値がある。

「ありがとね、内海さん。これで今日はなにもなかったし、内海さんも放課後何も見なかった、聞かなかった。そうだよね」

「……はい。間宮さんにはたくさん酷いことをしてしまって、迷惑をかけてしまって、本当にごめんなさい」

「誰にでも間違いはあるんだからさ。私はもういいよ。藍坂くんもいいよね」

「……なんで俺が怒ってる前提なんだよ」

「だって教室に来た時の顔、凄かったし」

間宮のそれに内海もうんうんと頷く。

……そんな顔してたの？

自分の顔をペタペタと触って確かめるが、それでわかるはずもなく俺はまあいいかと思考放棄をすると、

「その……間宮さんと藍坂くんは、付き合っているんですか」

俯いていた顔を上げて、怖いくらいに真剣な眼差しで内海は訊いてくる。

「いや？　さっきも言った通り俺は間宮と付き合ってないぞ」

真実なのだから隠す必要なんてどこにもない。間宮の方からも否定してくれと横目でちらりと見れば——眉根を寄せて難しい表情をしているのが窺える。

だが、「そうだよ。私と藍坂くんは友達。友達なんだよ」と内海に言い聞かせるような口調で言う。

それを聞いて、内海はどこかほっとしたように息を吐く。

「……こんなことをしておいて言えることじゃないけど、やっぱり僕は間宮さんのことが好きなんだ。だから、これからも好きでいていいですか」

「私が望んだ答えを返せなくてもいいのなら、それでも」

　間宮からも直々に赦しを得た内海は満足そうな笑顔を浮かべて、教室から出て行った。


「……あれでよかったのか？」

「内海さんのこと？　だって、私も原因の一端を担っている訳だしさ。優等生の仮面が、こういう誤解も生むのはわかってるから。誰にでも優しく平等。そういう態度で勘違いさせちゃった面もあるし」

　内海にあれだけのことをされていながら、間宮は自分も悪いと何でもないように受け止めている。それがやっぱり、理解できない。

「俺が来るのが遅かったらどうなってたかはわかるだろ」

「そうだね。情緒も雰囲気もないキスをしたり、服を脱がされてあんなことやこんなことを仕方なくしていたかも。抵抗したら暴力を振るわれていたかもね」

「……なんだよ、それ。どうしてそんなに冷静でいられるんだよ」

　あまりに冷静だった間宮とは対照的に、俺の方が抑えられなかった。

下手をすれば一生物の傷を負わされることになっていたかもしれないのに、どうして『当たり前』みたいな顔をできるのか、本気で理解できなかった。

　自然と強く握られていた拳。

　それが、伸びてきた間宮の手に包まれる。

「ほんとは藍坂くんにも話すべきだったんだけど……ごめん。裏アカのことを藍坂くんがバラしたんじゃないかと疑ってたの。後から誤解だってわかったんだけど……ほら、その前からちょっと話しかけにくい雰囲気になってたから」

「……そうだな。誤解が解けてたら、相談にも乗れたかもな」

「勘違いしてほしくないんだけど、雰囲気を悪くしてたのは私が原因だからね。ちょっと距離感を測りかねていたといいますか……とにかく、藍坂くんは悪くないから気にしないで」

　捲し立てるように早口で言い、俺が納得していないのを察知するや否や「いいよね？」と念を押してくる。釈然としないけど、間宮がそう言うなら蒸し返すのは良くない。

「実は私、どうしようもなくなったら藍坂くんに助けを求めようとしたけど、それは私が一番嫌だったことだって気づいて思い留まったのに……藍坂くんは来てくれた」

「偶然だ。間宮を見つけたのもギリギリだったし」

「それでも、だよ」

　柔らかく微笑んで、真っすぐに二つの瞳が俺を映した。真摯さを宿した眼差しに胸の奥が熱くなる。

でも、間宮の言葉を心の底から信じられない。矛盾した感情を抱える自分が酷く嫌になって、できることなら逃げ出してしまいたかった。

それを引き留めているのは、俺の手を包んでいる間宮の手のぬくもりで。

「それはそうと藍坂くん、私のことが心配で飛び出してきたの？」

「……いや、別に俺は間宮のことが心配で飛び出してきた訳じゃない」

心臓が跳ねる。

ここに辿り着いたのは全くの偶然。あの紙と写真がなければ、俺は今も教室で間宮の帰りを待っていただろう。

……その後の行動を振り返ってみれば多少なりとも心配はしていたし、飛び出してきたとも取れる行動ではあったけど。

間宮がストーカー被害に遭っているのではと気づいて、目を逸らせなかった。間宮のためではなく、そこで動けなかった自分に後悔が残る予感があったから。

だって、友達が困っているのなら助けるのは当たり前。

そう。たったそれだけのこと。

「――でも、ありがと。そろそろ限界かも」

間宮は握っていた手を離してすぐに、そのまま俺の胸に顔を埋めてくる。

緩く背中に巻き付いた両腕。僅かに震えていた声には、普段とは違う熱量と呼ぶべきものが宿っている気がした。

「こんなとこ見られたら勘違いされるぞ」

「……そうかもね。でも、落ち着くまでこのままでいさせて」

「嫌だって言っても離れる気がないくせによく言うよ」

はあ、と重いため息をつきながらも、俺は間宮に抱き着かれたまま誰も来ないようにと祈り続けた。幸い、廊下から足音がすることはなかったし、窓からは柔らかな午後の陽（ひ）が差し込んでくるだけ。

あれだけ異性と関わることを避けていたのに、自分から寄ってくる間宮はどうしても突き放しきれない。不安定で歪（いびつ）な関係も嫌じゃないと感じていた。

この気持ちは、なんだろう。

恋愛感情ではないと思う……というのも、恋というものを経験する前に女性不信になってしまったから、その感覚がわからない。

現状維持に努めようと名前のわからない感情を胸の奥にしまい込む。

しばらく間宮の好きにされていると、不意に間宮は腕を解いて離れていく。

「落ち着いたか？」

なんともなしに聞いてみれば、陽射しが当たって明るく染まった間宮の顔がある。

「……ある意味落ち着いてないけど、大丈夫」

「なんだよそれ」

「女の子には人には話せない秘密がたくさんあるの」

そう言われれば追及できるはずもない。

「用事が済んだなら帰ろう」

「……待って。私、藍坂くんに一つ訊くことが残ってる」

教室を出て行こうとしていた俺の袖を摑んで、間宮が引き留める。

真剣さの窺える声に反応して振り向けば、間宮は近くにあった椅子を指さしていた。座れと言いたいのだろう。間宮の意図は読めないが、俺はそれに従って椅子に座った。間宮も隣に座って、俺の方へ身体を向ける。

さっきと打って変わって、教室に張り詰めた空気が流れているように感じられた。

「私が空気を悪くしていた原因の話なんだけど」

間宮は前置きをして、一拍おいてから再び口を開き、

「――もしも私がお互いの秘密を守る約束を破って、あの写真をバラまいたって言ったら……どうする？」

試すように俺を見ながら、間宮は話を切り出した。

第7話 秘密、だからね

お互いの秘密――間宮が裏アカ女子であることと、俺が間宮の胸を触っている場面を押さえた写真。もしそれを間宮がバラしたとなれば……。

「……そんなのどうしようもないだろ。一方的に俺が悪いことになって終わりだな。不登校から自然消滅的に退学して、お先真っ暗の人生を送る……って、縁起でもない想像をさせるな」

間宮から告げられた仮定の話に、俺は即座にそう切り返した。

確かに俺と間宮は互いに秘密を握り合っている。

けれど、立場は全く違う。

男女で、一生徒と優等生で、秘密の内容だって見方次第で全部俺が悪いとなりかねないものばかり。要するにそんな仮定自体を考えるのが不毛で、俺にある選択肢は間宮へ表面上は従順であること以外は存在しない。

「……なんで？」

だが、俺の答えに間宮は不満だったのだろう。

両目に溢れんばかりの疑念と不信感を湛えながら、胸の前で手を結ぶ。

「なんで、の意味がわからない」

「どうしてそんなに冷静なのかって話」

「冷静っていうか、間宮は意味もなくそんなことをしないと思ってる。秘密を明かすのは間宮にも都合が悪いからな」

俺を脅したのだって秘密を守らせるという狙いもあっただろうけれど、それに加えて写真撮影の人手が欲しかったのもあるはず。

そして、間宮は未だに裏アカに上げるための写真を欲していて――それなら、秘密を明かすメリット自体が半減する。

間宮は俺という人手を失い、俺は学校から弾かれる。

どちらにしても損失しかない悪手を間宮が打つとは考えにくい。

「……藍坂くんは私を信用してるの？」

「メリットとデメリットを天秤にかけているだけだ」

「私が本当は悪い女の子で、約束なんてどうでもよくて、好き勝手に遊べる相手が欲しかっただけの我儘でどうしようもない女の子だったとしても？」

「仮にそうだったなら、俺は今頃学校にはいないんじゃないか？　そうなってないのが、間宮のそれを否定する材料になる」

「なにそれ。バカなの？　だって、私は――――ッ!!」

叫びを噛み殺した間宮が、勢いよく俺を押し倒すように両肩を摑んだ。二人分の体重が背もたれにかかった椅子はバランスを崩し、身体が重なったまま後ろへ倒れる。

ガッシャーン！　と椅子が床と衝突した音が二人だけの教室に響く。

咄嗟に間宮の頭を抱きかかえながら身体を横にずらしたため、ギリギリのところで頭を床に打ち付けることはなかった。だが、二人分の体重を受け止めた背中がじんとした痛みを訴える。

「いっって……」

顔を顰めつつ目を開けば、俺の胸に顔を埋める間宮の姿があった。長い髪が一面に広げた布のようになっていて、近すぎる距離感のせいか妙に甘い匂いまで漂ってきて頭の奥がくらりとする。離れようにも俺が下敷きになった状態ではそれもままならず、全身に制服越しの若干硬い感触が伝わってきて、一気に身体が熱を持った。

うう、と呻きながら、間宮は顔だけをゆっくりと上げる。

吸い込まれそうなほどに澄んだ瞳と視線が交わって――怪我でもさせたと思ったのか、さっと顔から血の気が引いていた。

「……っ、あ、私、そんなつもりじゃあ――」

「わかってるから動くな色々当たっててんだよこっちはっ」

「ごめんっ、でも、怪我とか」

「頭も打ってないし多少背中を痛めただけだ。それより……この体勢の方が何百倍も問題があるとだけ先に言っておくぞ」

　言外に「早く離れてくれ」と視線に念を込めるも、間宮は俺が怪我をしていないことを確かめるように胸や顔を触ってくる。

　たどたどしく、壊れ物でも扱うように触れてくる細い指の感触。動くたびに熱と確かな柔らかさを伝えてくる間宮の身体から必死に意識を逸らしながら、俺は息を止めていた。

　だが、俺の無事を察してか、間宮は露骨に安堵を込めた息を吐き出す。からかいやわざとらしさは一切なく、本気で俺のことを心配していたのだとわかる。

　そんなことは押し倒されるときの雰囲気でわかっていた。

　間宮としては肩を掴むだけのつもりだったが、勢い余って結果的に押し倒してしまったのだろう。

「……押し倒す気はなかったの。ごめんなさい」

「それはいいから。平然とこのまま続けようとするな」

「だってちょっと嬉しそうだったし。実際嬉しいでしょ？　男ウケする身体だってことはわかってるし」

「否定に困ること言わないでくれ。こっちは免疫なさすぎていっぱいいっぱいなんだよ」

　これ自体は真実だし、間宮もわかっているはずだ。

　だから離れていないのだとすれば、やっぱり間宮は性格が悪い。

「その割に平気そうだね」

「耐えてんだよ。襲うぞ」

「きゃーって悲鳴でも上げた方がいい？」

「ならまず憐れむみたいな目をやめろ」

わざとらしすぎて反応する気も起きず、フラットな感情のまま返すと、間宮は「仕方ないなあ」と俺の上から離れて起き上がった。

それに続くように俺も身体を起こしている間に、間宮は椅子に座り直していた。俺も背中をさすりつつ起き上がって座り直すと、神妙な面持ちの間宮が口を開いて、

「どこまで話したか忘れちゃったけど……もう、いっか。藍坂くん。私ね、君のことが信じられないの」

「……は？」

「正確には、藍坂くんが私を信じてくれる……かもしれないってことが信じられない」

今度こそ本当に、間宮が言いたいことが理解できなかった。

は？　というのは俺のことが信じられないことへの疑問ではなく、あまりに話の流れが唐突すぎたことへの疑問だ。

しかし、俺の反応なんて初めから聞く気がなかったのか、間宮はそのまま続ける。

「お出かけのとき、藍坂くんは私を助けてくれたでしょ？」

「……まあ、そうなるのか」

「それはとても嬉しかったし、怖かったのも本当。でも、手を繫ごうとした本当の理由は別。藍坂くんが見ているのは優等生の私なのか、なんでもない普通の間宮優って女の子なのか考えて怖くなったから」

「…………」

「私と藍坂くんの間には誰にも言えない秘密がある。だから藍坂くんは裏切れない——ってわかってるのに、裏切られるんじゃないかって考えて、試すような真似をしたの。弱い部分を見せても藍坂くんの態度が変わらないのかな、って調べたくて」

そう話す間宮の表情が苦しそうに見えて、伸びかけた手を膝の上で制する。

「変わらないって。そもそも間宮を脅す弱みには足りない」

「うん。わかってる。わかっててやった。だから、私は悪い子なの」

悲しげに言って、儚さを感じるような薄い笑みを浮かべる。

優等生にも、素の間宮にも似合わないはずのそれは、むしろ違和感なく感じられて。

「——せめてもの罪滅ぼしとして、私の昔話を聞いてくれる?」

「いや、別に聞きたくないけど」

つい、反射的に断ってしまう。気づいた時には遅く、間宮は眉を寄せて俺をジト目で睨んでいた。機嫌を悪くさせたのかもしれない。そんな心配をしていると、間宮は一呼吸おいて、

「…………せめてもの罪滅ぼしとして、私の昔話を聞いてくれる？」

「聞かせたいなら素直にそう言えよ」

「だって負けた気がするし」

そっちは素直に言わなくていいんだよ。

「……だって、いいのか？　言いたくなかったんだろ」

「それはそうだけど、聞いてほしいって思っちゃったの。悪い？」

「悪い。俺を致命的に間宮の事情に巻き込むのはやめろ」

俺はあくまで間宮に脅されて、秘密の関係を持っているだけ。踏み込む気も、踏み込ませる気もなかった。

だというのに、間宮はその壁を越えようとしてくる。

「――じゃあさ、無理やりでも聞いてもらうから」

間宮はあくまで自分の意思を突き通すつもりのようで席からすっくと立ち上がり、俺の隣に位置取った。ぬるりと伸びてきた間宮の両腕が首にまとわりつき、抱き着くような形になる。

そのまま間宮の尻（しり）が俺の膝の上に乗って――

「……座り心地、あんまりよくないね」

「重い柔らかい変な感じがする重い早く退（ど）いてくれ」

「重いって二回も言った……そんなに重い？」

「体重もだけどメンヘラみたいな精神性が一番重い」

「メンヘラのそれは愛の裏返しだから大丈夫だね。これはただの嫌がらせだし」

「尚更やめろ」

抱き着くようにしているせいで間宮の胸が押し付けられているし、身じろぐたびに尻が太ももに沿って形を変えて悩ましい感触を伝えてくる。

茹だってくる思考を「これは嫌がらせだ」という言葉で冷ましつつ間宮に視線と言葉で求めるも、悪ノリをしている間宮は抱き着く力を強めるばかり。

……本当にやってられない。

間宮の過去なんて知りたくもないし、知ってどうにもならない。俺の立場は変わらず、要らない情報が増えるだけ。

それでも、あんな声と目と、自分も覚えのある諦めを伴った表情を見たら、心の底から否定なんてできるはずがなかった。

俺が何も言わないのをいいことに間宮は緊張を和らげるように一呼吸おいて、語り始める。

「……中学校の頃、結構な嫌がらせを受けてさ。それ以来、自分を隠して今の学校のみんなが知ってる優等生の仮面を被るようになったの」

昔を懐かしむような、嫌がるような、複雑な感情を貼り付けた表情。

「自分で言うのもアレだけどさ、私って結構可愛い方でモテたんだよね。それで、ある人に告白されて、でも私はその人が好きじゃないから断るの。次の日、学校に行ったら友達だと思っていた女の子から「私の好きな人を取らないでよ！」って、誰もいない体育館裏で怒鳴られてさ。笑っちゃったよね。私、なにか悪いことをしたのかなって」

あまりに何でもない風に語られる過去は、紙で皮膚を切った時のような鋭い痛みを伝えてくる。押し黙ったまま、話の続きを待つ。

「私は普通にしていても、周りからは気取ってるように見えたのかな。陰で「調子乗ってるよね。嫌われてるとも知らないで」って、仲が良かった友達が……友達だったクラスメイトが言ってた。もう誰を信じていいのかわからなくなって、帰って枕に顔を押し付けて、涙が枯れるまで泣いたのを今でも覚えてる」

「…………」

「それでさ、やっとわかったんだ。普通にしてたらダメなんだなあって。本当の私はいらないんだって。だから私は誰にでも都合のいい優等生っていう仮面を被って、悪意から目を背け、誰も信用しないで自分の世界に引きこもった」

瞼を閉ざしながら一人滔々と語る間宮のそれを聞きながら、俺も胸の疼きを覚えていた。間宮が語った過去は俺と違うはずなのに、「自分を否定された」という部分が共通しているからか、どうしても他人事と呑み込めない。

奇妙な一致によって生み出された感情。いつの間にか間宮の話に聞き入っていた。

同時に、間宮が俺に抱き着く力が強くなっていて、強張りのようなものも窺える。

密着度を増したことで間宮の存在をより近くに感じてしまい、妙な緊張感で速まった心臓の鼓動。長い髪が鼻先にあって、ゆらゆらと揺れて仄かに甘い匂いを運んでくる。髪の間から見える白いうなじには緊張からか、僅かに汗が滲んでいた。

これは間違いなく、間宮にとって忘れたい過去なのだろう。

俺なんかに話して良いのかと疑問を覚える反面、間宮に逆らうことができない俺だから話しているのだとわかる。

優等生の過去。

聞く人が聞けばゴシップネタになりかねないそれを明かすのはリスクが大きい。

だが、俺はそれを誰にも話せないし、話したところで間宮が俺の弱みを公表すれば話題を塗り替えることだって可能だ。結局のところ、打算の上に成り立っている。

「……それだけじゃないんだろ？」

「まあ、ここまで言ったら誰でもわかるよね。あとはお察しの通り、本当の自分を認められないことに耐えられなくて、私は承認欲求を満たすために裏アカを作って写真を上げるようになった。そんなある日、写真撮影中の教室に迷い込んだ藍坂くんに秘密を知られちゃったってわけ。それもこれも、今ではよかったのかなって思ってるけど」

「俺は全く良くないんだが」

「私に抱きしめられながら現在進行形でにやけるのを必死に堪えてあたかも「興味ありませんよ」みたいな顔してるのに？」

「にやけるのは堪えてない。興味は仕方ないだろ、一応男なんだ。嫌なら離れろ。可及的速やかに離れろ」

「脳内審議の結果、その申請は却下されたよ」

「そんな議会滅んでしまえ」

反抗の姿勢を緩めない俺に対して、間宮は全く離れる気配を見せない。それどころか頭まで肩にもたれさせてしまい、完全に身を委ねられている。

俺が下手なことはできないとわかっていてこんなことをしているんだろう。

本当に悪魔みたいな女だけど――二の腕を摑む手が僅かに震えているのが嫌でも伝わってくるから、無理に引き剝がせない。間宮は迷子の子どもみたいで、突き放せば泣き出してしまいそうな危うさがあった。

だから、というわけではないけれど。

「俺はどうしたらいい？　このまま背中をさすって慰めたら良いのか？」

「してくれるの？」

「そうしろと言うならやぶさかではない」

「そういうのって自発的にやってくれた方がポイント高いんだけど」

「気を利かせるような仲でもないだろうに」

「だからモテないんだよ」

それは余計だろと睨んでやれば、つん、と鼻先を間宮の人差し指がついて、

「……こんなとこ、誰かに見られたら大変だね」

「ほんとだよ。どうしてくれんだ」

「そのときは付き合ってるんです――って誤魔化せばいいんじゃない？」

「断る。いつ背中を刺されるのかわからない学校生活とか嫌すぎる」

「嫉妬は男女どっちも怖いからなあ」

間宮のしみじみとした呟きには実感が籠っていた。

少しだけ、どちらも黙りこくって。

教室に落ちた沈黙に、空を飛び去る鴉の鳴き声が響く。

「……どうして俺に話したんだ」

「藍坂くんを信じたいから。都合のいい解釈なのはわかってるけど」

「俺が本当は間宮のことが嫌いで仕方なくて、毎日のように寝首を掻く隙を窺っていただけだとしたら？」

「私のこと好きすぎだね。……ま、そうなら私の見る目がなかったってこと。でも、藍坂くんはまだ私の椅子になってくれてる。それが答えじゃない？」

「椅子になった覚えはない」

とぼける間宮の額にデコピンをかまして、「女の子に暴力とか信じられないっ」なんて小さめの声量で器用に叫ぶ間宮から顔を逸らししつつ考える。

間宮から『信じたい』なんて言われるとは想定してなかったし、それが本音なのは雰囲気から察せられる。

だけど――俺はやっぱり、間宮を本心からは信用できない。個人的には信用できるならしたいし、応(こた)えたいという思いもある。友達として、そう願ってくれるのは素直に嬉しいことだ。

でも、それなら……間宮も秘密にしていた過去を話したのだから、俺が明かさないのはフェアじゃない。

これは俺のエゴで、ただの自己満足。

「……ならさ、今度は俺の話を聞いてくれよ」

緊張と、不安と、間宮という一人の人間へ真剣に向き合いたいという気持ちを込めた言葉に、間宮は静かに頷(うなず)いた。

いざ話すとなると緊張する。当然だ。これを知っている人は家族を除けばナツだけ。しかも異性――間宮に話すことになるとは露ほども想定していなかった。

それでも今更引っ込めることはしない。覚悟を決めるように両手を強く握り、ゆっくりと開く。

「……嘘告白って、あるだろ？」

「あるね。好きでもない人に罰ゲームとかでやるやつでしょ？　私には何が楽しいのか理解できないけど」

「……そうだな。俺、中学のときにそれをされて、最後に人格否定みたいなことまで言われて……言ってしまえば女性不信になったんだ。で、それは今も治ってない」

要点だけを纏めて伝えると、間宮は真剣な眼差しを俺に向けたまま間近で頭を下げる。

「……ごめんなさい。知らずに色々してた」

真面目に、誠実に謝罪の言葉を口にした間宮は触れ合っていなければわからない程度ではあったけれど、震えていた。

間宮の過去を考えるに、誰かから自分が否定されるのを極端に恐れている節がある。今も俺の傷を知らずのうちに刺激していたことで、拒絶されると考えたのだろう。

でも、俺にその古傷を掘り返そうという魂胆はない。間宮に悪気がなかったことはわかっている。悪ふざけではあっただろうけど。

そこに怒るほど狭量ではない……と思う。

「顔上げてくれ。間宮は悪くない。全部引きずってる俺が悪い」

「でも」

「間宮に悪気はなかった。事情も知らなかった。俺だって間宮に色々酷いこと言ってる自覚はある。それに、元々脅されてたわけだから信用も何もない。だからお相子だ」

早口で捲し立てるように言えば、間宮は迷いながらもこくりと小さく頷く。

「話を戻すぞ。女性不信になった俺は一時期引きこもるようになって、延長線上として人と関わるのが怖くなった。家族相手なら話せるけども、それ以外となると自分から関係を持つために踏み込めなかった」

「…………」

「で、その女子たちと離れるために勉強してある程度の偏差値がある学校……上埜に入って、リセットしようとしたんだ。まあ、結果はこの通り。当たり前だけど全然上手くいかなくてさ。ナツがいなかったら本当にボッチだったよ」

「…………そっか」

「俺の事情なんてこの程度だよ。たった数分で話し終わるくらい、薄っぺらい傷痕だ」

掠れた笑いが漏れ出て、同時にじくりと胸が痛む。この程度とは言ったものの、まだ自分で振り返るには痛みを伴う記憶だ。

だからこそ、間宮には笑い話のように感じてほしかったのに――

「――この程度じゃない。全然、これっぽっちも、そんなこと思わない」

俺の甘さを切り捨てるように鋭い声音で告げられては、二の句が継げなかった。

一瞬で散らかった思考をかき集めようとして、けれどその前に頭が間宮の方へ……正確には間宮の胸に引き寄せられ、ほどなくして弾力のあるクッションのような感覚が顔全体に伝わってくる。ブレザーの生地の心地いい肌触り。その奥にあるものを頭に浮かべてしまい、一気に顔の温度が上昇していく。

浅く呼吸をしてしまい、妙に甘い香りの混じった空気を取り込んでしまう。吐き出そうにもそれが顔全体を覆っている事実に眩暈がして、緊張と気遣いが混線して荒いながらもゆっくりと息を吐き出した。

「……間宮、手を退けてくれ」

「喋らないで。息が胸に当たってくすぐったいの」

「お前の胸で息苦しいんだけど」

「よかったじゃん。大人になったらお金を払わないと体験できないことだよ？」

「偏見だ。全ての大人に謝れ」

「ごめんなさーい……って、これで満足？」

「お前が俺の顔を解放すれば満足だ」

「無理な相談だね。せめて、もっとまともな顔になってからなら受け付けるけど？」

優しげな声が頭上から降りかかって、俺は遂に言葉を失った。

間宮が言いたいことは俺自身がよくわかっている。

頭を軽い手つきで撫でられ、気づかないうちに張っていた神経が解れていくような感覚に襲われる。同時に、こんなことを信用していない相手にするだろうか――と考えてしまい、さらに胸が鈍い痛みを訴えた。

「これはさ、藍坂くんがあんまりに酷い顔をしてたから……ついやっちゃっただけで、深い意味は何もないから」

「……言い訳みたいに言われても説得力皆無だぞ」

「そうかもね。これは自分に対しての言い訳。もう、藍坂くんが他人に見えない。鏡に映った自分を見てるような気分なの」

鏡に映った自分、という表現は言い得て妙ではある。過程はどうあれ自分を否定された者同士、共感できる部分が多すぎた。

同じ痛みを知っているのなら、互いに傷つけようとはしないはず。間宮に対する警戒が弱まって、薄皮を隔てた向こう側から齎(もたら)された優しさを受け入れた。

等速的な呼吸音が徐々に精神を落ち着けてくれて、顔から強張りが抜けきる。

「……もう大丈夫だ」

「ほんとに？」

「嘘つく理由は……あるか。弱みを見せたくないって大事な理由が」

「ここまでしておいて気にすることかなあ」

「……ほっとけ」

ぶっきらぼうに返事をすれば間宮は頭を抱きしめていた手を解いてくれて、俺は頭を胸から離していく。ようやく呼吸が楽になって、目いっぱいに空気を吸い込んで、吐き出す。

そのままなんとなく間宮から顔を逸らしていたのは、気恥ずかしさのようなものを感じていたからだろう。

過去を話して、理解をされて。

弱い部分を晒したのは自分だけれど、そこに優しく触れられてどうしていいのかわからなくなっている。

でも、それは間宮も同じ。

間宮とて知られたくないことで、胸の内に秘めておきたいことだったはず。

互いにさらなる秘密を握り合った今、もう元通りの関係には戻れない。

「ねえ、藍坂くん。私は藍坂くんを信じたい。信じてほしい。だけど、今の私には無理」

「そうか」

「でも、私が藍坂くんを裏切ってあの写真をバラまいて、情報を誘導すれば破滅するのは藍坂くんだけ」

「そうだな」

「……怖くないの？　裏切られると思わないの？」

「思わないね。絶対」

あえて断言する。

いじめなんかではよく聞く話だが――傷つける側は忘れて、傷つけられた側は覚えているものだ。後者である俺も間宮もその痛みを、苦しみを、辛さを覚えていて、それを誰かへ振ることに途方もない抵抗感がある。

鏡に映った自分という表現を使った間宮も同じ思いを抱いているはず。

だとしたら、間宮は俺のことを絶対に裏切れない。

裏切られる痛みを、他ならない自分自身が知っているから。

「……じゃあ、私を安心させるために脅迫材料を増やせる？」

「今更増えても間宮への意識は変わらないぞ」

「それでも」

強い言いきり。

しかし間宮の表情は不安げで、制服の袖を摑む手には力が入っていた。

普通なら頷くメリットのない提案。けれど、今だけは受けることで間宮が俺を信じるというメリットが発生する。

間宮が俺に対して絶対的に優位な証拠を握り、それ故に俺を信じられるというのなら――

間接的に俺も間宮を信じられることになる。

信じるのは、間宮が俺を信じるに値すると評価を下した脅迫材料。

感情ではなく、現実に存在するものだ。

「……写真でいいのか？」

「うん。でもさ、決定的な証拠写真を撮るとなると、藍坂くんが私のおっぱいを触るより凄いことをするってことだよね」

「おいやめろ必死に目を逸らそうとしていた現実を突き付けるな」

「いいじゃん役得だよ。好きでしょ？　そういうの」

「頷けるならこんなめんどくさい事情を背負ってない……！」

「それもそっか。ま、とりあえず……よろしくね？」

間宮からカメラを起動したスマホが手渡され、俺はそれを緊張したまま受け取った。

「写真撮るとは言ったけど、具体的にどんな写真を撮ればいいんだ」

「……スカートの中に手でも入れてみる？」

提案した間宮は、膝に座ったまままちらりとスカートを捲って黒いタイツに包まれた太ももを見せてくる。

実際に触れたときの感触を想起してしまい、つい視線がそこへと吸い込まれた。くすり、と小さな笑い声が聞こえて、俺はわざとらしく咳払いをして視線を教室の壁へと戻す。

承諾したとはいえ、こういうからかわれ方をされるのはやっぱり恥ずかしい。

女性不信を抱えていても、異性というものに少なからず興味が出てしまう年頃で、その矛盾に酷く頭が混乱してくる。事情を知った間宮も察しているだろうけれど、あえてそれを無視しているようにも見えた。

だから俺もその思いをしまい込む。

「構図の犯罪臭が一気に高まったな」

「その方が脅迫材料としては強いし、私も安心できるし。藍坂くんも「げへへこれがJKのタイツ越しの太ももの触り心地か……」って妄想を捗らせながら悶々として家に帰れるでしょ？」

「間違っても年頃の女子高生が言っていいセリフじゃないからな」

「でも……男子高校生って、そういうことをするんでしょ？」

「当事者の範囲内にいる俺が頷くと？　男子相手で話すならまだしも、異性相手は気まずいぞ。一般論的に」

最後を強調して告げると、間宮は顎に指先を当てて「そういうものなのかなあ」と考える素振りを見せた。

頼むからそんな話題を持ち込まないでほしい。俺に言えるのは一般論だけだぞ。自分の事情を話すとか、よっぽど自信のあるやつくらいしか無理だろ。

あと、そういうやつは狙ってるだけだからな。

「まあ、いいや。とりあえず、太ももの間に手を入れてみようよ。話はそれから」

「軽いノリで言うな脳がバグる」

「どうせやるなら一思いにやっちゃった方が良くない？」

「一理あるけど頷きたくない」

「……自分で決心がつかないなら、私がやっちゃうよ？」

耳元で間宮が囁く。

湿った温かい吐息が耳たぶを撫でて、背筋に痺れのような震えが走る。理性が溶かされるような、抗いがたい魅力を孕んだその行為。そういうことをするわけではないのに、どうしても期待と緊張が心の中で膨れてしまう。

放課後の教室、客観的に見て美少女と呼ぶべき間宮と二人きり。

漂う空気には淡い桃色が宿っている気がする。

理性のネジが徐々に外れていく感覚。身を委ねたくなるのを崖っぷちで踏み留まる俺の右手首を、間宮の手が掴んで引っ張っていく。

目的地は必然、スカートによって隠されている黒いタイツに包まれた太ももの間。

「遠慮しなくていいから。罪悪感もいらない。私が勝手に藍坂くんを利用してるだけ。だから、藍坂くんは何も悪くない」

真面目っぽい声音で間宮は言うけれど、その通りの感情を抱けたら苦労しない。

「……こんなことを学校でしてる俺は普通に悪いと思うけどな」

「なら共犯ってことで。一緒に悪いこと、しよ?」

「後で梯子外すなよ」

「どうしよっかなあ」

楽しげにコロコロとした笑みを浮かべる間宮に引かれて、俺の手がすべすべとしたナイロン特有の質感を伝える温かな太ももへと着地する。

背徳感が胸の内に溢れて、後ろめたさと拒否反応から手を引こうとするが、間宮がそれを留めた。なのに、間宮は太ももに触れたことに反応して、その身を僅かに震わせる。

「無理してるんだろ」

「してない。全然、大丈夫。藍坂くんの触り方がなんかちょっとエッチだったたってだけで」

「そんなつもりは欠片もなかったんだが」

「普通にしてても変態さんってことかな」

「この光景を客観視したら否定できないのが悔しい」

どう考えても間宮の……というか、女子の太ももを触っているような男という構図では、俺の方が悪いように見えてしまう。

俺たちの事情を知らない人が見たら確実に警察案件で、俺の手に素敵なブレスレットが飾られることだろう。

……誰にも見られてないよな?

そこはかとない危機感に駆られて、窓の外へ視線を巡らせる。中庭を挟んで対面にある教室は遠く、とても窓からこちらの様子を窺い知ることはできないだろう。廊下はどうだろうかと耳を澄ませてみるも、放課後で生徒は部活か帰宅したのか足音は聞き取れない。

残されている左手で胸を撫でおろすと、口先を尖(とが)らせた間宮と視線が交わる。

「藍坂くん、これでも私から意識を逸らせるっていい度胸だね」

「ギリギリだっての」

「知ってる。そこまで器用じゃないもんね。スカートの奥を意識してるのわかってるし」

「……仕方ないだろ」

「うん。仕方ないよ、男の子だもん。でも、それならもっと素直になってくれた方が私は嬉しいかな。ちゃんと私を見てくれてるって伝わるから」

こんなことをしているのに間宮の声音はどうしようもなく柔らかで、この不健全な行為を肯定しようとする。

間宮の手が俺の手を引いていく。

スカートの裾(すそ)が少しずつ捲れ上がって、隠されていた黒の奥がちらりと見える。情熱的な赤色の逆三角形が目に飛び込んだ。薄い黒タイツ越しに浮かぶ精緻(せいち)な刺繍(ししゅう)。

思考を溶かすような甘い背徳感と、それに反して高まる興奮が正常な理性を塗り替えていく。

なにせ、俺の目に映っているそこは本来誰の目にも晒されることのない秘境で――現実感のなさと手の皮膚に余すことなく伝わってくる熱気が、これは現実なのだと逃避しようとしていた意識を引き戻す。

「……やっぱり、ちょっとだけ恥ずかしいかも」

ぼそりと、耳元で囁いた間宮の頰は、仄かに赤く色づいている。

熱に浮かされたように蕩けた目元。ふっくらとした瑞々しい桜色の唇が妙に色っぽい。

腰を動かし、尻が俺の太ももへ直接悩ましい感触を伝えてきて、同様に位置がズレた手……人差し指と中指の外側がそれへと触れて――

「……っ、あ」

間宮がか細い嬌声を上げて、背を弓なりに反らした。

小さく開いた口元、何かを堪えるように震える身体、固く瞑った瞼の全てが、間宮が感じたものを雄弁に物語っている。

俺は自分が触れたものがそこである、とほぼ感覚的にわかっていたものの、だからこそなんと言えばいいのかわからず、次々と上がってくる言葉を呑み込み続ける。

まだ触れた指に僅かながら湿った感覚が残っていて――ああ、これは良くないなと、辛うじて残っている冷静な部分が直感的に導いた。

それを裏付けるように、間宮がゆっくりと瞼を上げながら、

「……藍坂くんの、エッチ」

責めるような視線。不満げなのに、どこか嬉しそうにまなじりを下げた間宮。蕩けた黒い瞳には俺しか映っていない。

俺に残されたなけなしの理性も間宮に呼応するように蕩けていく感覚があった。

追い打ちをかけるように間宮の口元が耳へ寄ってきて、

「もっと凄いこと……しようよ。それを撮ったら、信用できそうだから」

「……そう、だな」

そう答えるしかできなかった。

頭がドロドロに溶けていて、ストッパーと呼ぶべきものが吹き飛んでしまっていた。

手が動く。

今度は自発的に自分の右手を太ももの付け根に這わせて、スマホのカメラでそこへとピントを合わせておく。

逆三角形に飾られた赤い下着、柔肌を包み込む黒いタイツ、その上で影を作るプリーツスカートの裾。熱っぽい吐息と、僅かに荒い息遣いが教室に広がって、時折二人分の体重に椅子の金具が悲鳴を上げる。

ぴったりと制服越しにくっついた身体。

大きな膨らみが胸に押し付けられていて、その柔らかさに心臓が早鐘を打っていた。

肩に乗るような頭が揺れるたび、細やかな髪が頬をくすぐって甘い香りを呼吸と共に肺へ取り込んでしまう。直視するのは憚られるものだとわかってはいるのに、猛毒のような魅力に意識が取り込まれていく。

ごくり、と生唾を飲んだ音が聞こえた。

俺と間宮、どっちのものかすらわからないほどに二つの意思が混じりあって、現実から切り離されたような感覚になる。

「なんか、やっぱりエッチだね」

「……誰がやらせてると思ってんだ」

「私も少しだけ、そういう気分、わかってきたかも」

「俺は冷や汗ダラダラだが？」

「その割に目がマジだけど」

「今度こそ本気で襲うぞ」

「……私をちゃんと見てくれるなら、いいよ？」

甘い誘惑。

かぷり、と耳たぶを甘噛みされて、生暖かくぬるりとした感触がそこを蹂躙した。

それが間宮の舌であることくらい見なくてもわかったが、俺は喉を詰まらせながらくぐもった声を漏らすしかできない。

俺が何一つ返せないことに気分を良くしたのか、くすりと間宮は意地悪そうな笑みを浮かべて、舌先で唇を湿らせる。

「お返ししてよ」

挑発的な言葉に、今度こそ俺の中の何かが吹っ切れる。

太ももの付け根をさわさわと摩り、指先で弾力のある太ももを弾いて、それから焦らすように逆三角形の場所へと手を誘う。

間宮は拒絶することなく、ただ身を捩らせながら堪えるように俺へ抱き着いてくる。背中に立てられた爪。存在を意識させるようなもので、ブレザー越しでは痛みを感じない。

やがて、俺の手が赤い下着へ辿り着く。僅かに湿っていて、生暖かくて、絶対的にダメなことをしている感覚が脳へじわりと押し寄せる。

俺は間宮と目が合って、小さく頷かれてしまう。

もっと――そう言いたげな蕩けた表情。

俺は静かに指先を下着の、もっと言えば間宮の大事な部分の形に沿って滑らせた。焼けるような熱量が伝わってきて、手とそことの境界線が曖昧になっていく。

手を進めるにつれて、その湿り気は増す。

カメラで映される映像をぼんやりと眺めていると、現実のものとは思えなくて。

でも、自分の目に、その光景が映っていて。

頭がおかしくなりそうだった。

もう、おかしくなっていたのかもしれない。

「ひ、ぁ……ちょっ、ストップっ！」

悲鳴のような声を間宮が上げて、飛んでいた理性がふと戻ってくる。

そこで改めて現状を……惨状と呼んでもいい現実を直視して、

「……これ、撮っていいのか？」

「早く撮ってっ！　これ、想像より恥ずかしいし……その、多分……言わなくてもわかってるだろうけど――」

ごにょごにょと間宮は口ごもったが、言いたいことは俺もよくわかっていた。

それに、俺も間宮と似たようなものだし、間宮もそれは膝に座っている関係でわかっているはず。これはそう、あくまで人間の構造的に仕方のない反応を互いにしてしまっただけで、そんな意図は全くない。

そういう示し合わせを無言で終えて、俺は言われた通りにシャッターを切った。

現実感のない光景が、そのまま画面に切り取られる。

タイツに覆われた赤い下着に触れる、俺の手。

でも、これでは誰がやったかまでは見えない。

俺は少し考えて内カメラに切り替え、間宮のそこと俺の顔が同時に写るように位置を調整し、もう一度シャッターを切った。今度は誤魔化しようのない証拠写真がデータとして保存される。

この写真がある限り、俺は絶対的に間宮に逆らえない。

「……これでいいんだよな」

そこから手を引き戻しながら間宮へスマホを返すと、その画面をじっくりと検分してから

「……うん」と小さく返事をした。

「私が信じるのはこの写真。これがある限り、藍坂くんは私に逆らえない」

「俺は間宮がその写真を信じている限り、間宮が俺を裏切らないと信じられる」

「……改めて口にすると歪だね、私たち」

「ほんとにな。バレたら学校生活終わるし」

裏アカ女子であることを隠し、優等生として振る舞う間宮。

その秘密を知ってしまい、致命的な脅迫材料を握られている俺。

本来、そこに信頼関係など築けるはずがない。

けれど俺と間宮は、写真という劣化しないものを介することで、間接的に信用し合うことができる。

人を信用したわけではない。

行動の結果生まれたものと、互いの過去を信用しているだけ。

「……で、さ。そろそろ下りてもらえると助かるんだけど」

「えー？　このままくっついてたらダメ？」

「脚痺れる」

「…………それ言わない方が良かったんじゃない？」

「無理やり下ろすぞ」

「しょうがないなあ」

はあ、と軽くため息をついて、間宮は膝から下りた。

それから窓辺まで歩いて、くるりと振り返ると人差し指を自分の口に立てて、

「――秘密、だからね。誰かにバラしたら許さないから」

わかりきった笑顔で間宮は言う。

こんなこと、誰かに言えるはずがない。

間宮も理解しているし、この期に及んで釘を刺す必要性も感じない。

これはあくまで体裁を整えるための確認。

「当たり前だ。間宮こそ頼むぞ、本気で」

「どうしよっかなあ。藍坂くんが変なことをしなければ大丈夫じゃない？」

「変なことをさせてるのは間宮だと自覚を持ってくれ」

「あんなにノリノリだったじゃん。手をぐいぐい押し付けてさあ……ほんとに、恥ずかしかったんだから」

窓から差し込む夕陽の赤が間宮の頬を彩る。

僅かに伏せられた長い睫毛。

じっとりとした視線に息を詰まらせ、そのときのことが鮮明に浮かんでくる。

あれは自分でもわかっているけど、確実におかしくなっていた。あのまま続けていたら、雰囲気に流されてそういうことにまで進みかねない危うさがあったと、終わった今でも思う。

俺はもちろん、間宮だって望む展開ではなかったはず。

「……二度としないからな。あれはやりすぎだ」

「うん。あれは刺激強すぎだね。藍坂くんが写ってる写真は裏アカに上げられないし。私も……少し変になってた」

「わかってるならいいけど。で、今日はもう帰るか？」

「帰ろっか。気分転換にどこか寄っていかない？　甘いもの食べたい」

「太るぞ」

「女の子ってちょっとぷにってる方がフェチ感あってよくない？」

「……知らん」

「藍坂くんどこを見たのかな？　ん？」

スカートの裾を小さく捲る間宮から顔ごと逸らしつつ、これでよかったんだよなと釈然としない気持ちを納得させる。

「……ほら。荷物取りに戻るぞ」

「そうだね」

間宮の返事。

どこか緩（ゆる）んだ笑みの間宮と並んで、帰りに寄る店を調べながら教室へ荷物を取りに戻るのだった。

Epilogue

「――それで、間宮」

「どしたの？」

「あんなことがあってもこれはやめないんだな」

　放課後の教室。

　秋が深まって、黄色や赤に色づいていた葉が散り始めた木々を窓から眺めつつ、俺は窓辺に佇む間宮へと問いかけた。

　というのも、俺と間宮の秘密を内海が中途半端に知ってしまい、この前の事件が起こってしまったからだ。結果だけ見れば秘密は守られ、内海がしたこともなかったことになり、俺たちの学校生活は平穏を保っている。

　間宮も裏アカを作り直したが、こんなことを続けていれば秘密が誰かに暴かれるリスクは付き纏う。俺や内海が偶然、間宮の秘密を知ったように。

　学校であんなことをするのは危険だと身をもって理解したはずなのに、どうしても裏アカのための写真撮影をやめようとしない。

「やめる気はないよ、少なくとも当分の間は」

「なんでだ？」

「本当の私でいられる数少ない場所だから」

寂しげに表情を陰らせながら間宮は答えた。

学校では優等生として振る舞っている間宮だが、その素はどこにでもいる普通の女子高生だと俺も知っている。

そうしなければならない理由も、裏アカを始めた経緯も。

俺が間宮にやめろと強制するのは間違っていると思う。

「でもね、私は今の生活、結構楽しいよ？　藍坂くんに秘密を知られて、関わるようになって……独りじゃないって思えるようになったから。藍坂くんは迷惑かもしれないけど」

ごめんね？　と謝る間宮に、俺も間宮と放課後に出会った時のことを振り返る。

あの日は忘れ物を取りに戻った教室で自撮りをしていた間宮と遭遇し――気づけば脅されて逆らえなくなり、今のような関係性に落ち着いた。

一生徒と優等生。クラスメイトというだけならまだしも、友達と呼べる程度の関係性を築くことになるとは想定していなかった相手。

放課後の教室で裏アカに投稿するための写真を撮る仲になると誰が想像できただろうか。

……いやまあ、俺はどっちかといえば巻き込まれた感じだけどさ。

間宮の過去を知って、俺の過去を知られたら、引き返す気も起きない。

一蓮托生なんて言い方は大仰かもしれないけれど、正しく俺と間宮は互いの秘密を意地でも守り通す必要があるのだから。

ただ、それを馬鹿正直に伝えようとは思わない。

俺はあくまで付き合わされているというポーズを取ることで、間宮に対して気負うことなく接することができる。女性不信なんて面倒なことを間宮に気にして欲しくなかった。

呆れたようにため息をついて見せながら、

「迷惑ではあるな。あの写真がある限り間宮に逆らえないし、あんな写真を撮らされるし、帰りはなにかと出費が嵩むし」

「……そう言われると申し訳ない気持ちになってくるね」

「じゃあ写真削除してくれ」

「それは無理。絶対、無理」

間宮はぶんぶんと頭を振って否定する。

元から消してくれるなんて思っていなかったけどさ。

それに……あってもなくても変わらない。

間宮が本気で俺を脅そうとしたことはただの一度だってない。過去を知ったときに、間宮が誰かを裏切れないことくらい理解している。

間宮優という少女は、どうしようもなく優しいのだ。

あれだけの過去がありながら本質的に優しさを失わずにいる間宮には、素直に憧憬の念を抱いてしまう。それが消極的な理由だとしても、間宮の優しさは変わらない。

乱れた髪を手櫛で直した間宮は、今度は俺の方へ視線を真っすぐ伸ばしていた。

揺れる瞳。きゅっと握った手が、スカートの側面に添えられている。どことなく緊張しているように見えるのは気のせいだろうか。

俺の心配をよそに、間宮は一つ呼吸を挟んで、

「……藍坂くんは誰かを好きになるって感覚、わかる？」

脈絡なく口にしたのは、そんな抽象的な問いだった。

「随分唐突だな。でも、残念ながらわからない。初恋前に俺の恋愛感情とやらは吹き飛んでしまったから」

「そうだよね。私もわからない。わからなかった。でも、この前の内海さんのときに少しわかった気がしたの」

細められた間宮の目元。

ゆっくりとした足取りで間宮は俺の方へ近づいて、

「んっ⁉」

急に、頭を胸の間へと抱き寄せられた。

顔を受け止めるのは弾力を伴った柔らかな感覚。仄かに香る甘い匂いが呼吸に合わせて鼻孔を刺激する。まるで心音でも聞こえてきそうなほどに密着していた。

驚きと焦りで心臓の鼓動が加速して体温もそれに応じて上昇していく。

離れようにも結構な力で抱きしめられているし、無理に解いて間宮に怪我でもさせたらと考えると力ずくでの抵抗はできない。

「……何の真似だ」

「……ここまでさせておいてわからないの？」

辛うじて意図を聞き出そうとした言葉に返ってきたのは、顔を見ずとも冷たい表情をしているのが手に取るようにわかるような声。

そして、ため息。

……なに？　俺が悪いの？

どう考えても説明なしにこんなことをしている間宮の方が悪いだろと心の中で悪態をつきつつ、間宮が言いたいことを考えて——文脈から現実味のない結論に辿り着く。

いや、それは流石にない。

ないったら、ない。

「……わからない」

「嘘。わかってるけどあり得ないとか否定したでしょ」

「……なんでわかるんだよ」

「わかるよ。そうとしか思えないように話を誘導したつもりだし」

……………は？

真っ白になる思考。

抱きしめる力が弱まって、顔が間宮の胸から遠ざかっていく。

俺と間宮は視線を交わらせ——その顔が陽の光だと誤魔化せないほどに赤くなっていることに気づいた。どうしようもなく、目が離せない。

間宮は覚悟を決めたように「よし」と小さく呟いて、

「——私、藍坂くんのこと好きだよ」

隠すことなく間宮は告げた。

考えていた通りの言葉を投げかけられて、でもそれを現実のものと受け止められなくて。

受け止めたくなくて。

無意識的に目を逸らそうとしていた俺の頬を間宮が両手で挟み込む。触れる手が、発熱でもしているかのように熱く感じた。

真剣で、純粋な、欠片ほどの恥ずかしさと真っすぐな好意を秘めた瞳が、一心に俺を映していた。

「本当の私を否定せず見てくれて、お互いの過去を知って、秘密を握り合っているだけだったのに、藍坂くんは私の傍にいてくれた」

「……違う。俺は自分のために間宮といただけだ。間宮に恩を売っておけば、多少は自分の利益になると思って」

「それでも、藍坂くんが私にしてくれたことは変わらないよ。買い物の時も、この前も、藍坂くんは私を助けてくれた。欲しい言葉をくれた。私の弱い部分をそのまま受け入れてくれた」

俺の否定を間宮がさらに否定する。

それどころか全てを肯定するような口ぶりで、冗談ではないことを察せられる真剣さに二の句が継げない。

目の前の光景が過去と重なる。

全く関係ないとわかっているのに、この場から走って逃げ出したい衝動がふつふつと湧き上がった。

でも、それはできない。

間宮の告白が嘘だったら——と考えてしまう弱い心が発した声を押し殺し、震える脚を叩いて無理やり止める。

背中にじわりと滲む汗が気持ち悪く、少しだけ眩暈も感じていた。

だけど、俺の異変を目敏く察知した間宮が心配そうに表情を崩して、

「……ごめん、藍坂くん。凄く顔色悪いの、私のせいだよね。私が告白なんてしたから、昔の

とをしないと信じられる。

けれど、間宮が俺に嘘で告白する理由はない。過去を知っているのだから、間宮がそんなことを思い出して――」

「……そうだな。でも、最後まで聞かせてくれ」

間宮の言葉が嘘なら、俺は逃げ出していただろう。

だから俺も、間宮の覚悟を真正面から受け止めなければならない。

絞り出した言葉で間宮に先を促すと、間宮は眉根を下げながらも最終的には頷いて、

「――私は藍坂くんのことが好きです」

再び、間宮はそう告げた。

静かな水面に投げ込まれた石の如く、心に波紋を広げていく。

余計なことを考えずに、言葉のままを自分の中で消化する。

じんわりと温かい、陽だまりのような感覚。凍り付いた心を溶かすような温度が心地よく感じられた。空っぽの器を満たすように注がれるそれに、満足感と戸惑いを覚えてしまう。

きっとそれは欠けたままで満たされず、諦めながらも心のどこかでは望んでいたもの。

果たして、今の俺にそれを手にする資格はあるのだろうか。

しんとした沈黙が教室に落ちて。

「…………、……えっと、終わり？」

「うん」

拍子抜けするほど簡素な返事。

雰囲気が変わったことを察知してか、一気に身体から力が抜けていく。

「告白ってさ、もっとこう……付き合ってほしいとか、なんか色々あるものじゃないの？」

「それはそうなんだけど、藍坂くんの様子を見てるとまだ無理かなって。今も気分悪そうだし、女性不信のこともあるし」

間宮の予想は全て正しかった。

過去の嘘告白によって女性不信を抱えた俺は、まだ間宮の告白にもちゃんとした答えを返せる気がしない。今言えるのは、女性不信という壁の向こう側からの答えだけ。

「……そうかもな。こんなときに気を遣わせてごめん」

「それはいいけど、できれば今の藍坂くんの気持ちを教えてほしい」

間宮への気持ち、か。

「――少なくとも、俺は間宮に恋愛感情としての好きはまだない。でも、友達としては今後とも仲良くしたい」

自分に都合のいいような言葉だけど、俺の偽らざる本音だった。

秘密を握り合っているという関係だからか間宮も俺も互いに遠慮なんてしないし、それが居心地いいと感じている節はある。

初めこそ嫌々だったけど、間宮も俺が本当に嫌がることはしないし、逆も然り。脅したのだって間宮が秘密を守らせるためで、実際のところはそれをバラしてどうこうする気なんてなかったんじゃないかと今では思う。

間宮の素が学校のような優等生なら気後れしたかもしれないけど、優等生の仮面を外した姿はちょっと我儘で、自分勝手で、人並みに悩みを持ったどこにでもいるような女の子なのだと気づいた。

秘密を守るためという大義名分があれば、女性不信があっても間宮と関わるのは楽だった。

それに、過去を理解してくれた間宮なら、友達として付き合っていくことは俺の方から頼みたいくらいだった。

「そうだと思った。でもさ、それは藍坂くんが私を好きになる可能性がない、ってわけじゃないよね？」

「……さあな。俺の女性不信が治らないことにはなんとも」

こればかりは断言できるはずもなく首を振る。

しかし、間宮の目には諦めの色はなく、むしろ挑戦的な光を宿して口角を上げていた。

それを行動で表すように、間宮は俺へ人差し指を向けて、

「なら、いつか藍坂くんに私を好きだって言わせてみせるから」

不敵な笑みを浮かべて間宮は宣言する。

結果だけ見れば間宮の告白を断ったにも拘わらず、間宮はそれでも俺のことを好きでいると言ってくれたのだ。

直接的に伝えられた好意の熱量に、自然と目の奥が熱くなる。

いつか俺も『好き』だと本心で伝えられる日が来るのだろうか。

そうだったらいいなと、間宮の晴れやかな笑みを見ていると素直に思う。

「ね、写真撮ってよ。普通のやつ」

手渡されたカメラが起動されたスマホを受け取ると、間宮は窓辺に佇んで開け放った窓から茜色に染まった空を眺めてから、くるりと振り返る。

「綺麗に撮ってよ？　これは私が藍坂くんに告白した記念日の写真でもあるんだから」

「……それは責任重大だな」

呼吸を落ち着けながら、間宮の顔にピントを合わせていく。逆光が丁度良く間宮の表情を照らす場所を探して、ようやく定まったところで合図をする。

ふわり、と窓から吹き込んだ風が長い髪を靡かせた。

白い頬を茜色が塗り替える。

長い睫毛が蝶の羽ばたきのように広がって、ぱっちりと開いた両目はカメラ目線に。

秋色に彩られた柔らかな笑顔。

タイミングを逃すことなくシャッターを切り――

「――藍坂くん。これからもよろしくね？」

微笑みと共に放たれた言葉。

込み上げてきた気恥ずかしさを誤魔化すように、もう一度シャッターを切った。

◆

「やっと委員会の集まりが終わったぁ……」

放課後の廊下を歩きながら、解放感を示すように天井へ向けて組んだ両手を伸ばすのは、小柄なショートカットの少女――光莉だ。彼女は放課後にあった放送委員会の集まりに顔を出し、その帰りである。

放課後、深くなった秋という季節も相まって、もうじき陽も沈み切るだろうという頃合い。窓の外に広がる景色は暗くなりつつある。

「なっくんの部活も終わるくらいだろうし、荷物を取っていけば丁度よさそうかな」

普段、光莉は夏彦がサッカー部として練習する風景を眺めながら放課後を過ごす。マネージャーをしていないのは、部活中にイチャイチャしてしまうという自覚があるからだ。そんなことをしていれば周囲の反感を買うだろうと考え、光莉は部活動に参加していない。

夏彦と一緒にいたいのは山々だが、部活の時間くらい離れていても気持ちが互いに変わることはないと信じている。なにせもう十年単位で一緒に過ごしている幼馴染だ。逆にどうやっても離れられる気がしない。

光莉は夏彦と一緒に帰るのを楽しみにしながら廊下を気分よく歩いていると、不意に教室から声が聞こえる。自分の教室ではない。ただ、その声には覚えがあった。

秋人と優。

組み合わせとしては意外な、けれどお似合いそうだった雰囲気の二人を思い浮かべる。

「……なにしてるんだろ」

光莉は湧き上がった好奇心に突き動かされるように足音を殺して扉の前に陣取り、静かに隙間を開けて中の様子を窺う。

人影は二つ。声の通り、秋人と優だ。窓辺に佇む優は楽しげに微笑みを浮かべていて、どういうわけか秋人は優へスマホを向けていた。

響くシャッター音。

光莉は二人が写真を撮っていたことに気づくも、その理由まではわからなかった。

誰もいない放課後の教室で密かに二人だけの時間を過ごしていることに、光莉は自然と妄想を積み重ねていく。

『これは……アレには使えないよな』

『そうだね。顔も映っちゃってるし。あ、藍坂くんが欲しいならあげるけど？』

普通、写真は顔が映っているべきものではないかと光莉は思う。少なくとも顔が映っているとダメな理由がわからなかった。

（……もしかして、二人って付き合ってるのかな。前に会ったときは違うって言ってたけど、

そうとしか見えないし。気になる……気になるなあ）

知り合いの恋愛はとびきり興味をそそられるもの。光莉とて例外ではなく、二人がどういう関係なのかと扉の隙間からじーっと観察していた。

二人は気づく様子はないまま何枚か写真を撮る。秋人の表情は窺えないものの、優の笑顔から、して関係が良好であることは見て取れた。

（もっと見たい。悪いとは思うけど……だって、こんなの気になっちゃうし）

罪悪感を感じながらも興味を優先させる光莉。

いつからなのか。どこまで進んでいるのか。そんな考えばかりが頭を埋め尽くす。

高校生にもなれば手を繋ぐだけのプラトニックな関係からも進んで、キスをしたり、場合によってはその先にまで進んでいることもあると光莉は知っている。

ドキドキと心臓の鼓動が速まっていくのを感じながらも、光莉は本来の目的を忘れて二人の睦言に見入っていた。密会や放課後デートと呼んだ方が正しいのかもしれないが、そんなことは光莉にとって誤差でしかない。

大切なのは二人が放課後、誰もいない教室で人目を忍んで写真を撮っていたこと。しかも、優のあの表情は完全に恋する乙女のそれだった。

背にした夕陽に彩られた笑顔。

それは優が普段見せる表情よりも自然に感じられた。同時に、同性としても魅力的な笑顔だったと覗き見をしながら思う。

（何話してるんだろ。しかも、優ちゃんは自然に秋くんに触れてるし、秋くんも振り払おうとしないし……）

悶々としたものが溜まっていく。本人たちの口から二人がどういう関係なのか聞きたい。もしも自分が教室に飛び込んだら二人はどんな反応をするかな、なんて考えていると、不意に五時を告げるチャイムが鳴り響く。

突然のそれに光莉は驚き、肩が大きく跳ね――手の甲が勢いよく扉にぶつかってしまう。ゴンッ、と小さくない音が鳴って、光莉は心臓が止まったかのような錯覚に見舞われる。

同時に秋人と優は勢いよく光莉が隠れる扉へ視線を送った。隙間から覗いていた光莉は二人と目が合って、「あ」と自分の失敗を悟る。

もう言い逃れはできないだろうと諦め、扉を自ら開けた。

「あの、ね？　これはその、悪気があったとかじゃなくて……たまたま教室の前を通ったら二人の声が聞こえて、それで……」

視線を右往左往させつつ光莉は言い訳じみた言葉を並べる。二人は沈黙したままそれを聞いていた。謝るのも大事だったが、それと同じくらい光莉には気になっていることがある。意を決して、二人に問いを投げた。

「光莉、見ちゃったんだ。秋くんが優ちゃんの写真を撮ってるところ」

「…………そうか」

秋人の短い返答。しかし、そこには途方もない重さがあったように思える。

やっぱり見間違いではなかったんだ、と光莉は確信を得る。そして、遂に踏み込んだ内容を口にした。

「二人はどういう関係なの？　友達？　前からだけど、それにしては距離感が近いよね。放課後に、それも二人きりの教室で写真を撮るくらいだもん」

光莉のなかでは、そんなことをする関係なんて一つしか思い当たらなかった。

高まっていく緊張を感じつつも、聞かなければならなかった。

二人の関係の本質を見定めるように、光莉は真剣な面持ちで決定的な言葉を投げる。

「……秋くんと優ちゃんは、付き合ってるの？」

あとがき

読者の皆様こんにちは。海月くらげです。

本作『優等生のウラのカオ』は、「小説家になろう」と「カクヨム」にて連載しているものを改稿した内容となっています。書籍化に合わせて書き下ろしのシーンも増えていますので、Ｗｅｂ版を読んでいただいている読者の皆様にもお楽しみいただけると思います。

本作については純愛ラブコメのつもりで書いていました。出会いも関係性も初めこそ不純ですが、二人の感情は純粋で、それなら純愛なのではと思っています。

裏アカ女子の顔を持つ優等生――間宮優と、秘密を知って巻き込まれる女性不信の主人公――藍坂秋人。二人の不純で純粋な恋の行方は、一体どうなるのでしょうか。

優の我儘に翻弄される秋人の姿が目に浮かびますが、頑張ってもらいましょう。ただ、秋人もやられるだけではなく反撃してほしいですね。恋の主導権は惚れられた側が握るとも言われますし。それでも優の方が立場は強そうですけれど、それはそれ。

それにしても、まさか夜中にふと浮かんだネタが書籍になり、読者の皆様に届けられるとは夢にも思いませんでした。ネタはメモとして残しておくに限りますね。寝て起きたら忘れてるなんて日常茶飯事なので……。

ここからは謝辞になります。

担当編集者様。Ｗｅｂの海から本作を引っ張り上げ、無事に導いていていただきありがとうございました。作業中はまだデビュー前で右も左もわからなかった私ですが、今後もご迷惑をおかけするとは思います。何卒よろしくお願いいたします。

ｋｒ木先生。優や秋人をはじめとしたキャラクター達を大変可愛く、魅力的に描いていただきありがとうございました。想像を軽々と超えてくるイラストの数々に、大変感謝しております。イラストの素晴らしさに負けないよう、精進していきたいと思います。今後ともよろしくお願いいたします。

そのほかＧＡ文庫の皆様、校閲様、携わっていただいた関係者の皆様、本作を手に取っていただいた読者の皆様、Ｗｅｂ版から応援していただいた皆様、本当にありがとうございます。

重ねて、本書に関わっていただいた全ての方々に厚く御礼申し上げます。本当にありがとうございました！

また皆様にお会いできることを楽しみにしています。

ファンレター、作品の
ご感想をお待ちしています

〈あて先〉

〒106－0032
東京都港区六本木2－4－5
SBクリエイティブ（株）
GA文庫編集部 気付

「海月くらげ先生」係
「kr木先生」係

本書に関するご意見・ご感想は
右のQRコードよりお寄せください。

※アクセスの際や登録時に発生する通信費等はご負担ください。

https://ga.sbcr.jp/

優等生のウラのカオ
～実は裏アカ女子だった隣の席の美少女と放課後二人きり～

発　行　　2022年5月31日　初版第一刷発行
著　者　　海月くらげ
発行人　　小川　淳

発行所　　SBクリエイティブ株式会社
〒106－0032
東京都港区六本木2－4－5
電話　03－5549－1201
03－5549－1167（編集）

装　丁　　木村デザイン・ラボ

印刷・製本　中央精版印刷株式会社

ISBN978-4-8156-1597-0
Printed in Japan　　GA文庫

彼女の"適切な距離（ソーシャルディスタンス）"が近すぎる

著：冬空こうじ　画：小森くづゆ

「いいこと考えちゃった。蔵木くん、私の彼氏になってくれない？」

　ある日、蔵木夕市（くらきゆういち）のクラスに一人の可愛いギャルが転校してくる。

　佐柳凪咲（さなぎなぎさ）。恋バナが好きで、明るく気さく。胸も大きい。そして「オタクにも優しいギャル」。

　だが夕市は偶然――彼女の隠していた秘密を知ってしまう。

　凪咲は人と人との距離が広がってしまったこの時代に、"新しい恋愛様式"を流行らせようとやってきたエージェント。

　秘密を知ってしまった夕市は、彼女に恋人として指名され、付き合う事になってしまい――！？

　くっつきたがりなギャルと始める、恋の三密ラブコメディ！